W0309942

Un été avec Albert

© Flammarion, 2021
87, quai Panhard-et-Levassor – 75647 Paris Cedex 13
ISBN : 978-2-0802-3418-6

MARIE PAVLENKO

Un été avec Albert

FLAMMARION

« N'oubliez pas votre petite amie
arbres de ma forêt »

Jacques Prévert, in *Arbres*

Pour Aurélien

1

Je ne sais pas ce que je fabrique ici, j'en veux terriblement à mon père.

OK, il préfère que je profite du bon air de la montagne plutôt que traîner à la maison à zouzouner sur mon portable (qu'il dit).

OK, maman est partie en Sicile avec son nouvel amoureux et papa ne peut plus rien y faire. Et mamie est si seule sans papi, c'est dur d'être veuve, ça va lui remonter le moral de passer un peu de temps avec toi, trois semaines, le temps va filer, Sol, allons, ne fais pas cette tête, je te promets qu'aux prochaines vacances, je t'emmènerai visiter Berlin, un voyage en train du tonnerre, bretzels et bière à volonté. De mon côté, pendant que tu randonneras en montagne, je pourrai faire le point, j'en ai besoin, ma charogne, j'ai vraiment besoin de me retrouver seul pour mieux te retrouver toi, bla bla blaaaaa.

Parenthèse.

Oui, mon père m'appelle « ma charogne ». L'origine de ce surnom dégoulinant d'affection ? Un jour lointain où, pendant mes années collège, alors que mon corps poussait comme une sorte de bambou en folie lâché dans un jardin psychédélique, je suis allée le réveiller pleine d'amour un dimanche matin. Objectif de cette tentative avortée de séduction : qu'il sorte de sous la couette pour aller nous acheter des pains au chocolat. Hélas, mon haleine de cadavre l'a cloué au lit, où il a feint de mourir asphyxié. Mon père a un sens de l'humour très affûté, tout en finesse. Il en a rajouté une couche en me traitant de charogne. Le terme assez baudelairien, j'admets, est resté. Il sonne atroce aux oreilles étrangères, mais à moi, il convient. C'est ça, la famille, la possibilité de se donner des surnoms ridicules qui étalent un baume doux sur les cœurs meurtris. J'appelle papa « le bouc ». Pas besoin de dessin.

Fin de la parenthèse – même si j'adore les parenthèses.

Revenons-en à la logorrhée paternelle sur les incommensurables bienfaits de mon exil forcé à l'autre bout de la France. Arrêtons-nous plus précisément sur ses fantasmes concernant sa charogne en train d'arpenter les versants pierreux d'une montagne tel le chamois bondissant (dans les Pyrénées, les chamois sont appelés des « isards ». En réalité, ils ne sont pas tout à fait identiques, mais attention, scoop : je n'ai pas l'intention d'écrire une thèse sur les caprins, donc jetons un voile pudique sur leurs modestes différences), arpenter la montagne tel le chamois bondissant, donc, avec non pas un guide de haute montagne érudit égrenant le nom des plantes et des arbres, non pas un beau mec scrutant la ligne d'horizon de ses yeux perçants pour y dégoter la trace d'un sentier perdu tout en laissant s'échapper de sa gourde quelques gouttes d'eau glissant sur son menton et tombant sur son t-shirt moulant, pince-moi sinon je défaille, mais *en compagnie de sa grand-mère de quatre-vingt-deux ans veuve depuis peu.* Vous la visualisez la rando ? Les arguments de mon père me font le même effet que la purée de la cantine, un truc mou sans goût qui laisse une couche rêche sur les dents.

Je me fiche de savoir s'il a des cernes et s'il est malheureux. La belle affaire. C'est lui qui a commis une erreur. Plein d'erreurs, d'ailleurs. À cause de son animal totem, l'autruche – mon père est si doué pour s'enfoncer la tête dans le sol et attendre que les nuages bas et lourds s'éloignent –, à cause de sa négligence, notre famille est émiettée aux quatre coins du bonheur.

Résultat : *qui* est obligée de prendre le train au lieu de commencer l'été tranquillou à la maison, à boire des thés glacés et à couper ses cheveux fourchus aux ciseaux en matant des séries jusqu'à quatre heures du matin ?

Bibi.

Je ne dis pas ça pour singer un certain oiseau se baladant avec une demi-coquille d'œuf en guise de galurin, mais c'est vraiment trop inzuste.

J'ai eu mon bac, j'avais bien mérité de fêter l'événement. Pardon, mais même si tout le monde a l'air de considérer la chose comme allant de soi – le bac, un petit caillou dans l'océan de la vie –, je considère, perso, que je viens de franchir un cap crucial de mon existence. On avait tout prévu avec Suzanne, Abdel et Trinité, le trio infernal. Je les connais depuis le collège. Il me restait des dents de lait quand je les ai rencontrés. Abdel en sixième, Trinité et Suzanne à la fin de la cinquième. Ensemble, on a affronté les cours d'anglais de Mme Schenkel (elle soutenait que les Vénusiens existaient), survécu à la chorale Johnny Hallyday (je jure que c'est vrai), résisté aux boulets de la cantine, traversé l'angoisse du choix du lycée, les révisions au square et au café, les chagrins d'amour des uns, et la loose des autres. La routine, quoi. Heureusement qu'ils étaient là quand mes parents ont fait sécession, sans quoi, j'aurais fugué. On n'a pas suivi les mêmes filières, mais on s'est toujours épaulés. Je suis au courant de leurs pires secrets : la crise hémorroïdaire de Suzanne en seconde (elle rapportait un coussin en classe pour pouvoir s'asseoir et c'est moi qui ai trouvé l'excuse suprême : Suzanne était fessier-testeuse pour un designer de coussins suédois, truc archipointu. Elle a eu la cote pendant des mois après ça, et a fini par arrêter de manger du piment à tous les repas), le long béguin de Trin' pour notre prof de sport en seconde (béguin anéanti au prix de longues discussions pénibles. Imaginez, elle craquait pour « ses incisives supérieures trop sexy »), sans parler de la phobie d'Abdel pour les sandwichs (hyper pratique en voyage, le mec est capable de tourner de l'œil quand il en voit un). Cette virée camping, j'en rêvais. Notre récompense aurait été de taille : dix jours tous les quatre seraient forcément fabuleux. Il y aurait du ciel bleu, des soirées guitare à la guimauve, des rencontres impromptues, des baisers iodés, l'air marin et des nuits étoilées. Dommage, l'explosion de la fusée familiale en plein vol a fait capoter notre projet de sable dans les duvets, de toilettes pas nettes et de piqûres de moustiques à gogo.

J'y ai renoncé pour quoi ? Je vous le donne en mille : rester avec mon paternel, au fin fond du trou de sa vie. Ma conscience de bonne fifille à son pôpa a pris le dessus. Il était tellement mal en point que je n'ai pas eu le courage de l'abandonner. J'ai donc annulé ma participation à ce voyage dix étoiles au moins, et la troupe s'est désagrégée. Chacun est parti de son côté. Moi avec papounet... qui n'a pas donné suite. Comble de la guigne, je récolte une mise en train express pour Grand-mèreland parce que mössieur a « besoin de se retrouver seul pour mieux me retrouver ». L'égocentrisme fait homme : il ne pouvait pas attendre que je sois chez maman pour *se retrouver* ?

Je l'aime, hein, ma mamie, je l'adore même, mais faut avouer : dans le classement international des vacances de folie furieuse, elle se situe assez loin derrière le camping entre potes et les amours de vacances au bord de l'océan.

C'est dégueulasse. Je n'y suis pour rien.

Papa n'avait qu'à faire des efforts.

Être attentif, ne pas passer sa vie au bureau.

Garder maman.

Maintenant, elle est avec un autre. Pire, elle visite la Sicile pendue au cou de mon « beau-père » (où est-il beau ? À quel niveau ? Celui de l'âme ? Du physique ? Un détail m'échappe puisque je trouve surtout qu'il a l'air d'un vieux benêt qui ferait mieux de se couper les cheveux, fan de Pez option moquette sur le torse). Heureusement que le divorce n'est pas encore prononcé ! Ma mère s'en fout, elle rayonne, m'envoie des photos d'elle avec son Pierre (*doudou* pour les intimes mais *JE NE VEUX PAS LE*

SAVOIR), tout sourire devant des pizzas géantes ou sous les ruines de temples millénaires.

Elle parle même de faire un bébé…

Sortez-moi de là.

Au lieu de s'occuper de mon éventuel chagrin (mes parents divorcent par avocats interposés, je vis une semaine sur deux dans une chambre vide pendant que papa ronfle sur le canapé de son nouvel appartement et miaule dans son sommeil comme un chaton abandonné dans le caniveau, l'autre semaine étant dévolue à maman, à Pierre aka *doudou,* et à leur cinq-pièces soi-disant stylé. Bref, mon noyau familial est une poterie tombée de l'étagère, éclatée en morceaux), au lieu de prendre en considération mon éventuelle tristesse, disais-je, mon père a choisi de *se retrouver* (mais avec qui, bon sang ? Il est tellement neurasthénique que s'il se parle à lui-même, il est capable de ne pas se répondre !). Et il m'a mise dans le TGV, direction les Pyrénées. « Je t'aime, ma charogne. Je te promets que j'aurai la patate quand tu reviendras. »

Sans blague. J'ai hâte de voir la tête de la patate en question.

Je ne veux pas imaginer ce que mon père va fabriquer pendant que je suis ici. Il traînera son divorce comme un clébard moribond au bout de sa laisse en essaimant ses crottes partout dans le salon. La grande dégringolade. Voilà pourquoi il m'a envoyée chez mamie : pour se vautrer dans sa misère et s'anéantir à la vodka sans avoir mes gros yeux culpabilisants sous le nez.

Il a intérêt à avoir remonté la pente pour notre dernière semaine avant que j'aille voir maman, sinon, je verse du white spirit dans ses bouteilles.

Désormais, tous mes étés seront tranchés en deux comme une pomme. Une pomme bourrée de pépins.

À la vôtre.

Quatre heures et demie de train, c'est long. Je n'ai pas arrêté de marcher entre les fauteuils pour me dégourdir les jambes. Ma voisine a laissé son fils jouer au jeu vidéo sans casque. J'ai subi des ziou ziou jusqu'à frôler la désintégration de cerveau. Heureusement, un grand gars en survêtement a fini par lui demander d'arrêter. J'aurais pu l'embrasser pour service rendu à l'audition. Lorsque le contrôleur a annoncé Pau, j'étais ravie d'être arrivée (une prouesse quand on pense au sentiment assez contradictoire qui me taraudait au départ).

Il n'y a que les imbéciles qui ne changent pas d'avis.

Je ne connaissais pas le type qui m'attendait sur le quai de la gare. Quand j'ai vu le panneau avec mon nom écrit dessus, tenu par un parfait inconnu, gavé de fautes, en prime – « Soleildad », ben non, banane, moi, c'est « Soledad » –, j'ai cru que mamie était trop fatiguée pour sortir de la voiture et je me suis inquiétée.

— Je suis SolEdad, bonjour, qu'est-ce qui se passe, mamie ne va pas bien ?

Mais non. Elle est restée à la maison pour préparer ma chambre et ranger un peu. Elle était prévenue depuis trois semaines... Ça ne lui ressemblait pas, d'autant que ça faisait un moment que je n'étais pas venue. Malgré mon empressement très relatif, qu'elle ignorait d'ailleurs, je pensais au moins lui faire plaisir. *Que quelqu'un soit content de ce déplacement, que je ne pollue pas le monde pour rien !* Même pas. Je me suis sentie hyper désirée, un pur booster d'égo.

Quoi qu'il en soit, j'ai dû monter dans le van de Doméné (*qui* s'appelle Doméné, sérieux ? A-t-il au moins attaqué ses parents au tribunal pour préjudice à vie par voie de prénom pourri ?). Le van en question sent la bique crevée et il y a de la paille partout. Un ours en peluche est accroché au rétroviseur.

Doméné n'a pas d'âge, et des rayons de soleil au coin des yeux. Son chien jappait derrière, une sorte de crotte marron qui essayait d'attraper sa queue au moindre geste. Je levais le bras et le machin tournicotait sur lui-même en poussant des gémissements comme s'il s'était coincé le museau dans la portière. Je rebougeais, rien qu'un petit doigt, et paf, tournez manège, avec interlude musical en bonus. Je me suis efforcée de ne plus moufter pour m'épargner les aboiements suraigus de la crotte-donut.

Quarante-cinq minutes de trajet ont failli avoir raison de mon état mental. Je me suis assise sur une demi-fesse, j'ai ouvert la fenêtre et regardé dehors. Doméné a eu le bon sens de ne pas poser de questions en forme de « elle a fait bon voyage, la demoiselle ? ». Il a juste parlé une fois, pour dire : « Calme-toi, Rosalie, tu feras connaissance plus tard. »

La crotte s'appelle donc Rosalie. Il doit vraiment se sentir seul, Doméné. Ou alors, il s'est assigné la mission de réparer les abus de prénoms, et a décidé d'en donner un humain à son chien par esprit de vengeance. Une chose est sûre : il fait preuve d'une autorité toute relative sur ladite Rosalie. Elle a continué à couiner jusqu'à chez mamie. Doméné nous a déposées, moi et ma valise en forme de koala. Et il est reparti dans son van couleur caca d'oie.

2

Mamie était dans son potager quand je suis arrivée. Elle portait son tablier fleuri, ou une copie, en tout cas, celui que je lui ai toujours connu, dans les tons bleus ou roses parsemé de micro-marguerites. Une sorte de tablier-papier peint, en fait.

Mamie a toujours été bonne vivante, replète. Quand elle sourit, sa bouche agrandie par la joie pousse ses joues pommelées, elles se tassent et forment deux petits monticules rouges bienveillants sur son visage. J'aime ces joues pressées. Elles sentent la tarte aux pommes ou aux myrtilles, les paniers de groseilles, de framboises, le pain d'épices et la bûche de Noël. Ce sont les joues de la gaité, du grand air et des vacances.

Mamie a beaucoup maigri. Ses joues ont fondu. Ses pupilles noires aspirent la lumière avec une infinie tristesse.

J'ai avancé avec ma valise koala sur la petite allée, mamie s'est approchée à pas lents et m'a serrée contre elle.

Longtemps.

Brusquement, elle était menue, fragile dans mes bras.

Je n'ai pas eu le courage de lui reprocher son absence à la gare, et la tempête intérieure qui dévastait mon crâne s'est évaporée. J'ai failli lui demander où était papi et je me suis souvenue qu'il n'était plus là parce qu'il est mort d'un cancer foudroyant. J'ai dû lutter pour ne pas l'attendre, il allait forcément sortir de son bureau, crier « Ah ! La voilà ! », plisser sa vieille figure ridée en me découvrant dans l'entrée, si fort que ses yeux se transforment en traits d'union.

Il ne sortira plus jamais de son bureau.

Je ne l'avais pas vu depuis longtemps. Avant, j'aimais bien passer mes vacances avec mes grands-parents. J'ai des souvenirs de balades épiques sous des vents chafouins qui nous obligeaient à nous accrocher aux herbes folles pour grimper les pentes escarpées, de parties de Trivial Pursuit, de Scrabble, de Boggle et de mimes à n'en plus finir près de la cheminée, où je me roulais par terre de rire quand ma grand-mère imitait la limace. Je dessinais des monstres, je l'aidais à couper les carottes ou les patates, je louchais sur les papillons et les oiseaux, bref, je mettais un pied dans leur vie et je trouvais tout génial.

Depuis le lycée, je n'en ai plus envie. Le génial a plié bagages et s'en est allé je ne sais où rendre visite à d'autres enfants. Une fois ici, je suis coincée, on capte mal. Pas de wifi. Rien d'excitant à foutre. Le Trivial Pursuit et les mimes, c'est hors de question. Dès qu'il fait moche, les nuages s'abattent sur la montagne et on vit enfermés dans une boule de coton glacée.

Le temps que j'ai, je préfère le passer avec mes copains, à papoter, voir des films et me marrer. C'est mon droit. Je ne veux pas culpabiliser.

N'empêche, l'absence de papi m'a fait tout drôle.

À sa place, j'ai réclamé Bobby, le bâtard qui accompagne mamie partout.

— Je l'ai fait piquer il y a trois jours, il avait une tumeur, a répondu ma grand-mère.

Merde. Je suis là depuis deux minutes et je taille déjà son cœur à la hache.

— Je suis désolée, mamie.

— Moi aussi, *tesoro*, moi aussi…

Les R ont roulé dans sa bouche et elle a rejoint la maison, courbée entre les allées de fraises et les rangées de potirons. J'ai tiré ma valise koala derrière moi. Je l'ai trouvée bruyante.

Dans l'entrée, accrochés à la patère, il y a toujours la salopette et le pardessus de papi. Le tapis sur lequel se couchait Bobby gît en dessous. Les murs blancs se sont ternis, le carrelage aussi.

Le silence s'immisce partout.

Je ne sais pas comment fait mamie pour ne pas être en larmes toute la journée. Peut-être qu'elle n'en a plus, de larmes. Elle a évacué son stock pour les dix ans à venir à la mort de son mari, puis à celle de son chien.

Elle a partagé la vie de mon grand-père pendant soixante ans, *plus de trois fois ma vie*. Elle a plus connu mon grand-père que je ne me connais moi-même. Comment supporter son absence ?

Je n'ose pas lui poser la question.

Peut-être que mamie s'accoutume au silence. Elle ne l'entend plus. Peut-être qu'il tisse un filet insidieux autour d'elle et l'étouffe. À moi, il creuse la poitrine à coups de pioche.

Ces trois semaines s'annoncent grises et maussades.

L'escalier craque à chacun de mes pas. Je dépose ma valise dans ma chambre. Le papier peint à motifs (des oiseaux sur des branches qui s'entrelacent à perte de vue) rend la pièce chaleureuse. La vieille armoire et le secrétaire aussi. Tout est en bois et sent la cire d'abeille. J'ai un lit à deux places, un de ces lits anciens qui remontent à la tête et aux pieds, comme un grand berceau. La lampe de chevet, à abat-jour frangé, laisse filtrer une lumière douce et orangée. C'est comme un voyage dans le temps.

Le temps du bonheur perdu.

La maison de papi-et-mamie-désormais-sans-papi est isolée, à flanc de montagne, à quelques kilomètres du village de Castet, dans la vallée d'Ossau. Quand on continue l'étroite route qui arrive ici, on suit les lacets, longe les prairies et les bois, on parvient à une grande étendue de pâturages, barrée de chemins, d'anciennes granges pelotonnées contre le sol, avec des arbres, des rapaces, et un col s'ouvrant sur la vallée derrière. Le port de Castet.

Je m'y suis promenée des centaines de fois avec mes parents. J'y ai ramassé des cailloux, et observé les têtards dans les mares : ceux qui ressemblent à des spermatozoïdes, ceux qui ressemblent à des spermatozoïdes *avec des jambes*, ceux qui ressemblent à des spermatozoïdes *avec des bras et des jambes*. J'ai slalomé entre les bouses de vaches, de motte en motte, construit des arcs avec des bouts de bois pas du tout arqués, et joué aux Amérindiens avec mon père qui m'appelait Celle-qui-fait-craquer-les-branches.

Maman préfère la mer, son horizon plat infini, les oiseaux marins, les dunes échevelées et le sel sur les lèvres quand on est resté dehors toute la journée. Papa, lui, est un enfant de la montagne. Il adore explorer le coin bien que son cœur penche plutôt pour le plateau du Bénou, de l'autre côté de la vallée. C'est notre divergence majeure en matière de Pyrénées. Il a des souvenirs au Bénou, j'en ai à Castet. Du coup, on a déjà joué nos promenades aux dés. Je le soupçonne d'avoir triché plus d'une fois pour m'emmener au Bénou.

La maison a l'électricité depuis trente ans. Mon père a connu les toilettes au fond du jardin, la terre battue en guise de plancher, les nuits à grelotter sous les couvertures faute de chauffage central et les souris qui trottent sur l'oreiller. Il adore me raconter sa vie de scout avec sa sœur.

Aujourd'hui, l'ancienne bâtisse n'a plus rien à voir avec la ruine qu'il décrit. Le sol est carrelé, le toit et l'enduit ont été refaits. Devant, il y a un splendide potager dont ma grand-mère prend soin depuis le commencement, truffé de framboises, courgettes, tomates de toutes les formes et toutes les couleurs, groseilles, cassis, rhubarbe, carottes et salades, potirons, blettes, pâtissons, et j'en passe. J'ai toujours aimé faire la cueillette avec elle. Ramasser soi-même ce que l'on va manger procure une satisfaction étonnante. Elle doit émaner de loin, du temps où la faim tiraillait les ventres et où la promesse d'un repas était plus enviable que le Saint-Graal.

Derrière la maison s'étend un immense jardin. Il monte en pente douce et se heurte à la forêt. Aucune barrière ne le sépare du monde sauvage. Le matin tôt, on peut y apercevoir des chevreuils, des renards. Parfois un mustélidé quelconque, mes compétences en matière de zoologie ne sont pas assez pointues pour les identifier.

Papi a construit un abri en bois sur la gauche, qui lui servait d'atelier. J'ai planté mon premier clou là-bas. Je me suis aussi cassé le petit doigt en le coinçant dans l'établi.

Grandeur et décadence de ma vie de bricoleuse.

La maison est simple, mais on a de la place. Au rez-de-chaussée, la pièce principale fait cuisine, salle à manger, salon. Elle est immense et d'un seul tenant. Une porte ouvre sur l'arrière-cuisine qui donne sur le jardin. De l'autre côté du couloir-entrée, il y a le bureau-bibliothèque de papi, un endroit chaleureux bourré de livres et de dossiers, de bibelots, de disques, avec vue sur le potager. À l'étage, il y a quatre petites chambres et une salle de bains.

Cette maison est une ancienne bergerie. Mes grands-parents n'y ont pas vécu, ils l'ont achetée quand ils n'étaient déjà plus tout jeunes grâce à un héritage et des économies mises tous les mois de côté, chaque centime, petit à petit. Ils habitaient à deux cents kilomètres, en ville, où ils louaient un appartement. Mais ils passaient leurs vacances ici : ils l'ont retapée, agrandie, transformée.

Elle est adorable.

Mais bon.

L'année dernière, on est venus deux pauvres jours à la Toussaint, le temps de faire l'aller-retour. Papa et maman n'arrêtaient pas de s'engueuler, l'atmosphère était insupportable. Mes grands-parents sortaient sans cesse « faire des courses » pour leur laisser de l'espace, mais les disputes éclataient à tout propos, t'as pas rangé le sel, tu m'écoutes, je te parle, tu es trop impatiente, excessive, exigeante... Une fois, j'ai essayé de m'échapper en vélo. Je précise que j'en fais de temps en temps mais que le sport n'est vraiment pas ma passion principale. Je ne suis pas allée loin. Avec les dénivelés, j'ai failli crever. J'ai à peine vu papi. C'était la dernière fois et je ne le savais pas.

Mamie est trop vieille pour conduire. Et même si on pouvait prendre sa voiture, je ne vois pas où aller. Quant à l'unique café du village, qui fait aussi épicerie et dépôt de pain, il est colonisé par les plus de soixante-dix ans. Ils causent journal télévisé, chiens de chasse et garbure (la soupe locale). De quoi se noyer dans une baignoire.

Maintenant que papi n'est plus là, mamie fait ses courses avec Doméné. Parfois, elle lui donne une liste et il lui rapporte tout. C'est elle qui m'a raconté ça, hier soir, au dîner. Quand elle doit se déplacer plus loin, Doméné répond souvent présent. Sinon, elle appelle Lucien, le taxi du bled d'à côté. C'était un copain de mon grand-père, il paraît.

À part ça, mamie reste enfermée dans son domaine, avec ses potirons.

Je l'ai aidée à préparer le dîner, on a mangé une salade du jardin et des flans délicieux. La maison résonnait bizarrement. Je guettais le pas de mon grand-père, les griffes de Bobby sur le carrelage.

Rien.

J'aurais aimé regarder une série après, histoire de me remonter un peu le moral, mais mamie n'a pas la télé. Elle y a résisté toute sa vie, et papi l'a suivie par amour. À la place, ils ont écouté la radio. Je connais par cœur les programmes de France Inter depuis ma naissance.

J'avais pris un bouquin chez papa, quasi terminé dans le train. Il me restait une cinquantaine de pages à lire, je les ai avalées fissa au lit. Je n'ai pas osé descendre fouiller la bibliothèque de papi.

Je suis sortie de sous la couette et je me suis penchée à la fenêtre.

Dehors, il pleuvait.

Tout était noir.

Aucune étoile, aucune lueur. Seulement l'obscurité.

Je ne distinguais rien à part le rideau de pluie, pas un mètre de jardin, mais je devinais la masse sombre de la forêt, sorte de grosse bête invisible lorgnant sur la maison.

Papi n'était plus là.

Bobby n'était plus là.

Il n'y avait que mamie et moi, au bord du monde.

J'ai espéré très fort qu'elle ait fermé les portes à clef.

3

Ce matin, la pluie cogne toujours à ma fenêtre et les nuages lèchent le faîte des arbres. Impossible de distinguer les sommets des montagnes alentour. Décidément, cet été commence sous les meilleurs auspices. Même la météo fait la gueule. Je sais bien que le dérèglement climatique chamboule tout, mais enfin, faut pas pousser.

Des cloches de moutons résonnent au loin et fendent l'air. Il est 11 h 30. Mamie m'a laissée dormir.

Je m'étire jusqu'aux orteils, enfile un bas de survêtement et un sweat, bâille, et rebâille sans mettre la main devant ma bouche, portant haut le drapeau de la charognerie. Mon estomac émet un gargouillis pas du tout élégant, je ne fais pas mon lit et je sors. Je descends lentement l'escalier qui craque encore sous mes pieds nus.

Soudain, le temps d'un battement de cœur, je flippe. Si ça se trouve, mamie ne m'a pas du tout laissée dormir : elle est morte pendant son sommeil. Ses draps sont froids, je vais la retrouver rigidifiée, le teint blafard et la peau qui ressemble à du papier journal, l'œil vide qui ne raconte plus rien, je vais devoir appeler les pompiers, je serai seule avec le cadavre pendant un temps infini, ils trimballeront son corps dans l'escalier, le cogneront contre la rampe, le mur, ce sera atroce, papa mettra des heures avant d'arriver, peut-être des jours, et alors...

— Bonjour, Sol ! Bien dormi ?

Non. Personne n'est mort.

Il y a même une brioche sur la table.

— Elle est décongelée, hein, la boulangerie est trop loin mais j'ai fait des provisions.

J'embrasse ma grand-mère sur sa joue flétrie, m'attable, me verse un café, et y trempe une tranche épaisse qui s'alourdit dans ma main. Je l'enfourne. Quand je mords dedans, le café inonde ma bouche. La brioche est molle, c'est divin. Du café goutte sur mon menton. Mamie me tend une serviette et je lui réponds par un sourire plein de brioche mâchée.

— Il fait moche mais on peut quand même se promener si tu en as envie.

— Laisse-moi me réveiller, d'abord.

Je regrette aussitôt le ton brusque qui m'a échappé.

— Dis, tu flippes pas, dans cette grande maison, la nuit ?

Toute de tablier fleuri vêtue, mamie prend une tasse dans son confiturier et s'installe en face de moi. Ses doigts sont déformés par l'arthrite. Je suppute qu'elle ne peut plus enlever son alliance. Elle me tend sa tasse et je lui sers un café clair. Ma mère, qui vient du Nord, le qualifie de chirloute, sorte de pisse d'âne sans goût. Moi, il me convient. Ce café a le goût de mes grands-parents.

— Non, je n'ai pas peur, sourit mamie. Albert veille sur moi.

— Albert ? C'est qui ça, Albert ?

Troisième tartine de brioche, décollage enclenché. Je meurs de faim.

— Le chêne au milieu du jardin.

Ma mastication s'interrompt. Devant mon air ahuri, mamie précise en tendant son index bossu vers l'arrière-cuisine :

— Le grand arbre, derrière !

J'avale ma bouchée.

— Je vois très bien l'arbre en question, mais je ne savais pas qu'il avait un prénom.

— Oh si, depuis longtemps ! Ce chêne est le gardien de la maison. Ton grand-père et moi lui avons toujours fait confiance.

J'en reste coite.

Ma grand-mère pense qu'un arbre nous protège contre les violeurs et les cambrioleurs.

Je termine mon petit-déj, lave ma vaisselle en faisant des bulles avec le savon, et me carapate dans ma chambre. Vite, mon téléphone. Question de survie.

« Mamie pense que l'arbre du jardin protège la maison. Papa, viens me chercher ! »

Croyez-le ou non, mon père ne répond pas. Je le traite de tous les noms dans ma tête, mais dans le fond, je connais le problème : la connexion est nulle. Je capte peut-être dans le jardin. Je redescends, pique une cape de pluie à mamie, traverse l'arrière-cuisine encombrée d'un milliard d'objets hétéroclites, tourne la poignée (pas verrouillée, donc), et me campe sur la terrasse, le bras tendu vers le ciel comme si j'attendais d'être foudroyée par Thor.

Rien.

J'essaie d'appeler Suzanne, mon téléphone rame. Je recommence, vérifie si mon appel au secours est parti chez mon père. Ça avance...

La pluie redouble, chante *plic ploc* sur ma capuche.

Je mate, planté au milieu de l'immense parcelle, le chêne que mamie a donc baptisé Albert. Il est imposant, un arbre vénérable à n'en pas douter. Ses branches dépassent la hauteur moyenne de ses congénères en lisière de forêt, il a un côté gardien de la galaxie, certes. Ses milliers de feuilles rebondissent sous le martèlement de la pluie, luisent sous la caresse de l'eau, il est majestueux, il a de la gueule, d'accord, mais je doute que sa ramure soit de nature à *impressionner un potentiel intrus.*

Ceci dit, j'ai de très bons souvenirs de... d'Albert. J'adorais jouer dessous quand j'étais petite. Je m'y sentais à l'abri, OK, enfin, faut pas déconner, pas de là à penser qu'il « veillait sur moi ». Assise sur les racines qui partent en étoile de son tronc et ressurgissent par endroits, dans le jardin avant de replonger sous terre, j'inventais plein d'histoires rocambolesques. Mes héros préférés étaient une poupée à cheveux bleus offerte à un anniversaire par une copine dont je ne me rappelle plus le nom, et une peluche de tigre. Bien sûr, ils s'aimaient. Je soutiens toutes les formes d'amour. La poupée s'appelait Sally et faisait du karaté. Troisième dan, elle était. Moi non. Quand je me suis mise en rogne contre mon cousin Ferdinando, pile sous cet arbre, parce qu'il avait coupé la magnifique chevelure turquoise de Sally d'un coup de sécateur jaloux, j'ai essayé de lui mettre une mandale, mais il avait trois ans – et pas mal de centimètres – de plus que moi. Soyons clairs : Albert m'a laissée me faire humilier par mon cousin sans bouger la moindre feuille. Tu parles d'un gardien. Ferdinando m'a giflée et mise à moitié K.O., puis il est parti avec Sally. Je ne sais pas ce qu'il en a fait : je ne l'ai plus jamais revue. Envolée ma karatéka. Quand je la lui ai réclamée, après avoir repris connaissance et constaté au passage que mon pantalon rose clair était parsemé de taches d'herbe qui ne partiraient jamais au lavage, ce faux-cul de Ferdinando a clamé ne pas comprendre ce dont je parlais. Ta poupée ? Quelle poupée ? Et il ricanait, l'abruti.

Bien sûr, je suis allée me plaindre auprès de mon père et surtout de tante Marta, la sœur de mon père. Elle n'a rien voulu savoir. Son fils chéri ne pouvait avoir fomenté une telle abomination. J'avais peut-être fait une bêtise, cassé la poupée par exemple, et je n'osais pas l'avouer ?

Cet épisode marque l'une des crises majeures de notre famille. Même mon grand-père a pris part à l'altercation générale, il était cramoisi de colère. Quant à mon père qui ne s'énerve jamais, devant l'entêtement de tante Marta, il s'est mis à hurler que moi aussi, figure-toi, je fais confiance à ma fille, et je ne vois pas pourquoi elle irait inventer une histoire pareille. Tante Marta s'est drapée dans sa dignité, et « n'a plus souhaité parler de ce triste événement, un mensonge étant toujours grave ». La crise s'est terminée en eau de boudin, avec un ou deux repas où on entendait les mouches voler. Et puis ça s'est tassé. Je garde néanmoins le souvenir précis des yeux furibonds de ma chère tata posés sur moi, la peste qui avait osé accuser son Ferdinandounet.

Après cette mémorable aventure, j'ai déserté Albert : j'avais peur que mon cousin machiavélique se planque derrière le tronc et m'attaque par surprise. À la place, j'allais jouer à découvert à côté de l'atelier-cabanon de papi. J'emportais une couverture que mamie me prêtait, l'étalais dans l'herbe grasse, et me postais de façon à pouvoir surveiller l'arrivée importune de Ferdinando. Quelques jours plus tard, Bobby a débarqué dans la vie de mes grands-parents, avec ses grosses pattes pataudes. Il me suivait partout et je partageais ma couverture avec lui. Personne ne m'a plus jamais embêtée.

Maintenant, Bobby est mort.

Je m'apprête à rentrer, déjà à moitié trempée, surtout au niveau des pieds, quand mon téléphone fait enfin *ding ding*.

« Ne t'inquiète pas, ta grand-mère a toujours été un peu foldingue. L'essentiel, c'est que les portes soient fermées à clef la nuit. »

On est d'accord, c'est bien le problème !

Je rentre me sécher en faisant *floc floc*. Au passage, je ne remarque aucune clef insérée dans la serrure de l'arrière-cuisine. Et pas un verrou à l'horizon.

4

Je pousse la porte du bureau de papi. Mamie n'a pas l'air d'avoir mis les pieds ici depuis sa mort. On dirait qu'il est parti faire une course et va rentrer d'un instant à l'autre.

Quand j'étais petite, j'adorais fureter dans ses étagères et ses tiroirs, surtout pour feuilleter les albums photos. Certains sont peuplés de clichés en noir et blanc, avec des gens en noir et blanc. Des gens d'une autre époque, aux habits de film historique et aux visages fermés. Rudes. Ça me fascine que mamie et papi les aient connus.

Mais aujourd'hui, je n'ai pas le cœur à trifouiller. Je choisis un roman de Zola (*Germinal*, je sens que ça va déchirer grave), referme doucement la porte derrière moi, franchis le couloir, et m'installe dans la grande pièce, allongée sur le canapé.

Mamie s'affaire à l'autre bout, dans le coin cuisine. Elle y prépare un clafoutis aux abricots. Quand elle ouvre les placards en bois pour y prendre la farine ou le sucre, les gonds grincent. Elle a oublié d'allumer la radio. Le four préchauffe et la soufflerie antique emplit l'espace de son bourdonnement fatigué. Le robot électrique fait un ramdam d'enfer, ses lames délayent, mélangent, hachent. Lorsqu'il s'arrête, même le four ne pallie pas l'impression de gouffre qui me prend à la gorge.

Je lis quelques lignes, lève les yeux.

Mamie est assise devant la table faite pour dix. Une table qui attend les rires et les verres s'entrechoquant dans l'allégresse comme une femme de marin anxieuse, le matin, sur le port. L'horizon démesuré est vide.

— Je t'aide à dénoyauter les abricots ? je propose.

— Avec plaisir ! Si tu veux, je double les doses et on fait des réserves.

— Nickel !

J'en suis à mon quarante-septième noyau. Avec un mouvement de poignet pourtant étudié, je vise le carton dans lequel je les entasse, le loupe. Le noyau dépasse la table, tombe et roule par terre. Je le ramasse en soupirant. Avant, Bobby courait après et on se battait pour savoir qui arriverait le premier. Parfois, je le laissais gagner.

— Mamie, tu n'as pas envie d'avoir un nouveau chien ?

— J'ai quatre-vingt-deux ans. Si je prends un chien maintenant, il a de grandes chances de me survivre.

Amis de la glauquitude, bonjour ! Quelque chose me dit que je n'ai pas fini d'avoir ce genre de conversations avec ma grand-mère...

— Si ça te rassure, je peux te faire une promesse, je lance sans y penser.

— Quelle promesse ?

— Eh bien, je m'occupe de ton chien quand tu meurs !

Mamie, tu vas mourir, mamie, tu vaaaas mouriiiiiiiir ! Autant sortir le ukulélé, hein, au point où j'en suis. Bizarrement, ma grand-mère se marre.

— Tu ferais ça ?

— Ouais ! Enfin, faudrait que papa soit d'accord.

— Ah, ça, c'est pas ta tante qui prendra mon chien.

Tata Marta habite à Strasbourg dans un loft. Elle est costumière de théâtre, elle hait les animaux. Et son fils à sécateur est un crétin cosmique mais je crois que je l'ai déjà dit.

— Tu irais le promener tous les jours ?

— Bien sûr !

— Tu l'emmènerais chez le vétérinaire ?

— Clair !

— Tu ramasserais son caca quand il serait vieux et ferait sous lui ?

— Euh...

Mamie rigole toute seule. Un drôle de rire, à la fois triste et gai.

— Je vais y réfléchir, conclut-elle.

La maison embaume. On avale une salade de tomates (du jardin, est-il nécessaire de le préciser ?) et je dévore la moitié du premier clafoutis. Il sort du four et fume dans ma bouche. Malgré le moelleux lacté qui fouette mes papilles, l'horloge égrenant les secondes me fout la chair de poule.

Je bouquine toute l'après-midi dans ma chambre. La pluie ricoche sur ma fenêtre comme un tambour sinistre.

Le soir, mamie monte se coucher avec les poules. Comme je n'ai rien à faire à part lire dans mon lit, je la suis de près, mais d'abord, je fais le tour du rez-de-chaussée à pas de loup. Bilan : la porte d'entrée est fermée à double tour.

Bien.

Moins bien : celle de derrière, qui donne sur le jardin, cède sous ma main quand je tourne la poignée. Une méchante sensation me grimpe le long de la nuque, un truc froid et visqueux qui me fait frissonner.

Je cherche une éventuelle clef que je n'aurais pas repérée tout à l'heure, mais rien à faire : il n'y en a pas. Ni sur une étagère, ni pendue à un clou. Mamie laisse pour de vrai sa baraque ouverte aux quatre vents quand elle roupille.

L'arrière-cuisine est une sorte de dépotoir gigantesque, dans lequel trônent légumes et autres victuailles, mais aussi bottes en plastique, boîtes déglinguées, gilets rongés par les mites, paniers, seaux, bocaux en verre pleins et vides, bassines en métal trouées. Je fouine partout. Sous un carton, je déniche un aspirateur datant de Mathusalem, des robots de cuisine garnis de toiles d'araignées, des palettes en bois, des produits ménagers périmés.

Aucune clef.

S'il en a existé une un jour, elle a disparu depuis belle lurette. Je finis par pousser une sorte de buffet miniature contre la porte, ajoute une palette pour consolider ma barrière chimérique, et remonte me coucher.

Je lis jusqu'à épuisement.

Je ferme les yeux mais ne sombre pas.

Je somnole, mâchoires serrées.

Mon demi-sommeil est peuplé de figures sans visage cachées dans l'ombre, de créatures de ténèbres rôdant tout près, sans matérialité, pétries dans la glaise de la noirceur pour engloutir le monde, le broyer, en bannir la lumière, répandre le sang. J'erre dans une sorte de brouillard chaotique, refais surface, me retourne, et me rendors à moitié, harcelée par le mal qui vagabonde autour de la maison en attendant son heure. Il marche de long en large à la lisière de la forêt, il patiente ; de temps à autre, un éclat cruel brille dans ses yeux informes. J'essaie de me défaire de son emprise dans une semi-conscience gluante, émerge à nouveau, cherche ma couette tombée par terre, pressée de m'y enfouir malgré la chaleur suffocante de la chambre, avide de l'illusion de sa protection, l'attrape en grognant et m'emmitoufle à l'intérieur.

Lorsque la lumière fend mes persiennes, je finis par céder à un sommeil salvateur.

Ces trois semaines vont durer des années.

5

Ce matin (enfin, je devrais plutôt dire ce midi), j'arrive dans la cuisine et le jour est plus clair. Une odeur d'oignons frits flotte dans l'air. Doméné est assis devant une omelette. Je suis tellement mal réveillée que je n'ai pas identifié les aboiements de Rosalie. Je pensais à Bobby, bravo, toujours en phase avec la réalité, Soledad. Dès qu'elle m'aperçoit, ladite Rosalie tourne en rond et se mordille la queue de joie. Malgré ma nuit agitée, je la trouve plutôt mignonne quand elle essaie de se transformer en donut poilu. Je me laisse tomber sur le banc.

— Toi, tu n'as pas bien dormi...

Mamie est fripée, elle aussi.

— Je me suis rendu compte que tu ne fermais pas ta porte à clef.

— Ah ! C'était donc ça, le barda dans l'arrière-cuisine !

Doméné hausse les sourcils.

— Elvira, c'est vrai ? Tu laisses ouvert ?

Merci, Doméné, tu prends ma défense et ta mère devait bien peu t'aimer, désormais, j'arrêterai de me moquer de ton prénom.

— Tu veux de l'omelette, *cariño* ? Sinon, il reste du clafoutis.

Rosalie arrête de faire le tourniquet et me lèche les orteils. Je sursaute.

— Rosalie !

Une truffe noire sort de sous la table.

— Couchée !

Rosalie obéit à Doméné et me regarde avec des yeux de biche énamourée.

— Je peux donner un morceau d'omelette à Rosalie ?

Doméné fait oui et mamie me sert de l'omelette.

— Je n'ai jamais fermé la porte. Personne ne va nous cambrioler. Je connais tout le monde au village, et les renards ne savent pas tourner les poignées.

J'ai envie d'objecter mais j'ai la bouche pleine.

— Ça ne coûte rien de fermer, Elvira.

Deux-zéro pour Doméné, en passe de devenir l'idole de mon séjour.

— Je ne sais même pas où j'ai rangé la clef, depuis le temps...

Mamie me verse du café. Je vois clair dans son jeu : elle essaie de m'empêcher de protester en me gavant.

— Je peux t'installer un verrou, ça prend cinq minutes.

C'est officiel : Doméné est mon héros.

— On verra. En attendant, que penses-tu d'emmener Sol se promener ? Tu montes voir tes herbes ?

À cet instant, mon café choisit de passer par le mauvais trou et je me mets à tousser comme si j'avais avalé trois pelotes de laine.

— Des herbes ? je croasse.

Les plis-soleils au coin des yeux de Doméné se creusent.

— Des herbes aromatiques et médicinales tout à fait légales, précise-t-il. Sauge, romarin, thym, verveine, origan...

— Doméné cultive un immense carré à l'ancienne, et des fleurs. Il fabrique des tisanes. Tu veux aller jeter un coup d'œil ?

Je préférerais m'entailler les talons avec des clous, mais soyons lucides : je n'ai pas grand-chose d'autre à foutre. Avant de prendre une douche, je me venge sur le clafoutis. Il est coincé dans son plat en verre, impossible de s'échapper. Il trépasse.

Quand je redescends, Doméné m'attend dans son van qui pue la bique. Mamie reprise des chaussettes dans son fauteuil. Son nez est orné d'une paire de loupes de compétition, ses yeux ont l'air quatre fois plus gros que la normale.

— Mamie ?

— Oui ?

— Euh... tu le connais bien, Doméné ?

— Oui, assez.

Je serre mon sweat contre moi, mes lunettes de soleil dans ma main gauche.

— Tu lui fais confiance ? Je veux dire...

Je baisse la voix.

— C'est pas un pédophile ?

Mamie laisse tomber sa chaussette.

— Eh bien... écoute... euh... je ne pense pas, bégaie-t-elle.

On se regarde comme si on se croisait pour la première fois dans la maison. Mamie éclate de rire.

— Très bonne question, ma petite-fille, tu es méfiante et c'est normal. Ça doit aussi être pour ça que tu veux fermer la porte de l'arrière-cuisine.

— Pas du tout !

— On ne connaît jamais le cœur des hommes, mais sache que Doméné a deux enfants. Il leur a appris à reconnaître les plantes sauvages et leur a lu des histoires formidables jusqu'à ce que sa femme décide de partir vivre à Biarritz avec l'instituteur de leur fille aînée.

— Ah.

Décidément, les femmes prennent le large.

— Si tu n'as pas envie d'aller voir son carré, tu peux le dire, Sol.

— C'est pas ça...

Je me défends assez mollement, j'avoue.

— Je sais bien que je ne suis pas en grande forme, va. J'essaie juste de te sortir un peu.

La raideur de mes épaules s'allège. Elle est miro, mamie, mais pas pour tout.

— Tu as raison. Ça me fera du bien.

Elle me tend un thermos.

— Je vous ai préparé du café. Emporte une casquette.

Je n'en ai pas, alors je récupère une casquette de papi pendue à la patère de l'entrée. Elle a encore son odeur. Je lutte pour ne pas pleurer. Mamie m'embrasse.

— Amuse-toi bien, ma petite-fille.

N'exagérons rien.

J'essaie d'être souriante quand je m'assois dans le van à la bique de Doméné.

6

Doméné conduit avec prudence et klaxonne à l'ancienne avant les virages aveugles. Les prairies s'étendent à touche-touche avec les bosquets et les forêts. Des lézards se faufilent entre les pierres des murets bordant la route. Des fleurs s'étalent à perte de vue. Les nuages sont hauts et laissent par endroits des trouées de ciel bleu ; le soleil s'y déverse sans réserve.

J'inspire à fond.

L'odeur de bique est malheureusement plus forte.

Rosalie est installée sur les sièges à l'arrière. Elle finit par arrêter de faire le donut, jappe un coup, et entreprend d'escalader le frein à main. Avant que j'aie pu comprendre ce qui se trame, Rosalie est sur mes genoux et ses yeux m'aiment.

— Rosalie ! Reste derrière ! ordonne Doméné.

— C'est bon, je m'entends répondre, elle ne me dérange pas.

Misère ! Rosalie m'a jeté un sort ! En réalité, elle n'est pas un chien mais une sorcière enfermée depuis des siècles dans un corps de canidé ridicule, et sa puissance de persuasion se réveille au contact de ma faible personnalité !

Je lui tapote la tête. Si elle se transforme tout à fait, elle sera peut-être clémente avec moi. Ses oreilles s'aplatissent et me disent son amitié. Elle colle sa truffe à la vitre. Sa langue pendouille entre ses petits crocs pointus et rase parfois mon oreille. Un truc frais tombe sur mon bras et je constate qu'un filet de bave y a atterri. Rosalie n'a pas l'air dérangée et ses babines flottent dans le vent comme des drapeaux. Je cherche un mouchoir dans la poche de mon survêt.

Rien.

— Essaie la boîte à gants, dit Doméné qui a tout vu.

J'y trouve des mouchoirs en tissu, soigneusement pliés en quatre, à motifs naïfs à base de carottes, lapins, sapins, et collines verdoyantes.

— J'ai gardé les mouchoirs des enfants.

Ses enfants avaient donc des mouchoirs en tissu. J'en prends un et essuie le méfait de Rosalie. J'arrive à le faire sans la mine dégoûtée qui me démange.

— Tu peux le glisser dans la portière, si tu veux.

Je vais me gêner, tiens.

Le moteur du van gronde dans la côte, Doméné négocie un virage en tête d'épingle et poursuit sa route. Un grand rapace vole un instant au-dessus de nous, sa large silhouette immobile glisse sans bruit, puis il se fond dans les parois rocheuses qui nous surplombent et disparaît. L'air est plus frais ici. Mes cheveux volètent sous la casquette de papi, chatouillent Rosalie dont l'haleine fétide se mêle aux émanations biquesques.

— On est bientôt arrivés...

Doméné ralentit et tourne dans un chemin caillouteux. Le van cahote, plonge dans les nids de poule et repart sur ses amortisseurs brinquebalants. L'ours en peluche suspendu au rétroviseur imite un balancier d'horloge fou. Je décolle du siège et rebondis sur les fesses.

— Aïe !

— Accroche-toi, sourit Doméné.

Je tente d'attraper la poignée au-dessus de la portière, la rate et me prends un coup de tête de Rosalie. Je me tourne vers la chienne, horrifiée – ma tête fait cinq fois la sienne, j'ai dû lui fendre le crâne –, mais en guise de punition, j'écope d'un coup de langue.

— Oh là là, Rosalie, ton souffle tuerait une vache...

Doméné éclate de rire et Rosalie jappe de bonheur dans mes oreilles.

Le chemin pierreux s'enfonce sous les arbres mais en ressort au bout de quelques minutes. Nous parvenons à une immense clairière. Une cabane en pierre délabrée est posée sur la droite. Derrière, à perte de vue, des carrés de bois s'étendent d'où émerge une exubérante verdure. Doméné serre son frein à main et se tourne vers moi.

— Ça va ? Pas trop secouée ?

— Je vais survivre.

J'ouvre la portière, me fais bousculer par Rosalie qui se précipite dehors en aboyant, et je retrouve le sol. L'odeur est incroyable : l'air est un tourbillon d'effluves à la fois familières et mystérieuses à force de se mélanger. Je m'étire, fais quelques pas. Mes semelles s'enfoncent dans une mousse souple et rebondissante.

Doméné se dirige vers ses plantes et je le suis. Au milieu des arbres, des contreforts de montagnes, des fleurs sauvages, des buissons touffus, des abeilles et des bourdons qui vont et viennent, de la nature toute-puissante qui est ici chez elle, la vision de ces plantes bien rangées a quelque chose d'étrange qui flirte avec le surnaturel : un être humain se fraie un chemin jusqu'à ce coin reclus, se frotte au sauvage, le houspille, le titille, pousse-toi de là que je m'y mette, défriche, pose son bois, bine, et brusquement, du thym et de la lavande éclosent en pagaille, dans des proportions savamment orchestrées. Ce bout de terrain perdu au milieu des blocs de roche, conifères tordus, creux sombres et trous au pied des chênes me fait l'effet d'une parcelle fragile et prodigue en territoire hostile.

Rosalie court autour de la maison de pierre. Nous la laissons baguenauder.

Sous le soleil et l'index massif de Doméné, je découvre le romarin, l'estragon, la sarriette, je froisse des feuilles de toutes formes, les hume, les mâche. Doméné m'indique le nom de chaque plante, ses propriétés, me raconte comment fabriquer des mélanges calmants, dopants, la façon dont on peut y ajouter des fleurs sauvages cueillies avec parcimonie, à l'ancienne, pour colorer la saveur, et enrichir les arômes. Il m'entraîne plus loin. Je découvre ébahie un champ de fleurs multicolore.

— Wouah...

Rosalie doit être du même avis parce qu'elle nous rejoint en bondissant, ses grandes oreilles au vent. Tandis que nous avançons dans toute cette luxuriance, que Rosalie vadrouille, cavalant partout sur ses petites pattes courtaudes, se baissant, appliquée, pour revendiquer le territoire aux renards et aux martres, je pense à mamie. Je suis triste qu'elle n'ait plus Bobby. Sa maison est immobile.

Mais peut-être que c'est ce qu'elle cherche, après tout. L'immobilité. Elle en a besoin pour cicatriser.

Doméné égrène le nom des fleurs à présent. Au bout de sept, je ne me rappelle déjà plus du premier.

— C'est trop ?

Sa voix est moins bourrue que son physique pourrait le laisser penser.

— Disons que mon cerveau m'a l'air moyennement réceptif à tes explications et a gagné le droit de se reposer après son année.

— À mon avis, le mieux serait de te faire goûter.

— Euh... de la tisane ?!

— Sinon, j'ai du sirop de sureau, réplique Doméné en riant.

— Ouais, merci, parce que la tisane de quinze heures, je passe mon tour.

Nous rebroussons chemin. Doméné me montre les ruches installées alentour. Les montagnes nous dominent avec cet air majestueux de ne pas nous voir. Rosalie jappe aux environs de mes mollets. Je me baisse pour lui donner une caresse. On dirait une saucisse heureuse. Elle trottine entre nos jambes et me lance des œillades passionnées.

OK, je suis seule, dans l'incapacité momentanée de communiquer avec le monde extérieur, je ne suis pas sous la tente avec mes meilleurs potes. Mais j'en prends plein les mirettes.

La cabane est de traviole, les pierres sont posées les unes sur les autres sans mortier. Doméné pousse la porte en bois, retenue par un simple loquet. Il s'arrête sur le seuil.

— Qu'est-ce qui se passe ? je demande.

Il lâche un chapelet de jurons et ouvre grand. Je fais quelques pas derrière lui. Ça croustille sous mes chaussures. La lumière du jour est claire, j'ai besoin de quelques secondes pour m'habituer à la pénombre et distinguer l'intérieur de la cabane.

Tout est sens dessus dessous. Des fioles éclatées et des morceaux de bois jonchent le sol, des fleurs et des feuilles séchées gisent écrasées par terre, des sacs pendus au plafond ont été éventrés et vidés de leur contenu, une des deux grandes tables au centre de la pièce est renversée et l'autre est couverte d'herbes et de détritus.

— Il se passe que quelqu'un est entré ici et a tout saccagé ! Les sagouins !

Le truc froid et visqueux d'hier revient me chatouiller la nuque.

7

Dans le van qui tangue, je serre Rosalie contre moi. Elle a dû sentir que j'avais besoin de réconfort : elle a sauté sur mes genoux au démarrage. Doméné l'a laissée faire. Je suis bien contente qu'elle soit là avec ses petites pattes dérisoires et ses babines baveuses. Ses oreilles marron sont chaudes et vibrent à l'unisson du moteur.

Malgré ses protestations, j'ai aidé Doméné à remettre un peu d'ordre dans sa bicoque. C'est la première fois que ça arrive, a-t-il dit.

Une chouette façon de me rassurer, non ?

J'ai ramassé un panier en rotin renversé dans un coin, en ai tapissé le fond avec un bout d'étoffe, et y ai empilé ce que je pensais être encore utilisable de fleurs et de feuilles. Ensuite, dans un autre panier, j'ai entassé les débris de verre, de bois, les éclats de flacons, les tessons, lambeaux de tissus (ils servent au séchage des plantes), outils fracassés, fragments épars.

Doméné m'a imitée, puis a passé le balai, un vieux balai en paille comme celui d'une sorcière. Il y avait aussi des mégots, des bouteilles de bière vides. Les reliquats de la révoltouille typique d'un groupe de mon âge, rebelles en goguette, et si on allait se prendre une cuite chez le type qui cultive des herbes au fin fond de la vallée, on pourra peut-être les fumer, ses herbes, gniark, gniark, gniark, vapeurs d'alcool, empathie au niveau de la mer, QI au ras des trèfles, on désaxe, on pulvérise, on crie et on tempête, ça fait tellement de bien de tout casser, après moi le déluge.

J'y croyais.

Jusqu'au moment où Rosalie a débusqué un couteau dans la vieille cheminée. Un grand couteau de cuisine, avec un manche noir troué de rivets argentés et une lame longue d'au moins trente centimètres, pointue, d'une bonne épaisseur, dont le tranchant était finement aiguisé.

Des taches bordeaux foncé le salissaient par endroits.

— Ne le touche pas ! a crié Doméné alors que je tendais la main pour l'attraper.

Je l'ai regardé en silence.

— Il n'est pas à moi.

Il a soupiré très fort.

— Bordel de dieu de merde...

J'ai rangé mon bras et Doméné est sorti. Il est revenu avec un des mouchoirs du van, celui orné de lapins et de carottes, s'est agenouillé, et a saisi le couteau avec.

Le sang sur la lame était coagulé.

On n'a rien dit.

Aucun de nous ne comprenait ce que fabriquait ce couteau maculé dans la cheminée, mais une chose était sûre : ma théorie de la bringue d'ivrognes à peine pubères prenait l'eau. Après avoir scruté le sol avec méticulosité, il a fallu nous rendre à l'évidence : aucune trace de sang n'était visible nulle part. Le couteau avait donc sévi ailleurs. Mais *où* ?

— Bon, sortons de là, a craché Doméné.

Il était pâle. Avec mille précautions, il a rangé le couteau sous son siège dans le van. Puis nous avons entamé un tour de la cabane, comme Rosalie avant nous, à l'affût du moindre indice.

— Voilà pourquoi elle aboyait tout à l'heure... a-t-il chuchoté, courbé en deux afin d'examiner le sol.

Suivant chacun de ses gestes, j'ai essayé de me persuader qu'on était dans une série policière, les premiers arrivés sur la scène du crime, quelle excitation, vite, dénichons les indices, la primeur de l'information, la police larguée nous remerciera ensuite pour notre acuité, notre sens de l'urgence. Peut-être même que j'aurai une médaille. Oui, je sais, personne n'y croit, la stratégie est pathétique, mais c'est la seule que j'ai réussi à élaborer à toute berzingue pour ne pas hurler de terreur. Ça a marché : je ne me suis pas évanouie, je n'ai pas pleuré. Mais le truc visqueux, lui, s'est accroché comme une bernique, hue dada sur mon bidet, taïaut et tout le tralala. Impossible de réfréner le tremblement de mes jambes. On n'était pas dans un endroit hyper passant, je vous signale...

Nous avons contourné la cabane. La terre trempée par la pluie de la veille avait commencé à sécher mais restait molle et humide. Des graminées dansaient dans le vent. Rien de bizarre en vue. Je me forçais à ne pas m'attarder sur les fourrés de noisetiers tout proches, inextricables. Quelqu'un aurait pu se tapir dans leur épaisseur et nous épier.

Derrière la cabane, les arbres prenaient le relais du carré, montaient à l'assaut du flanc de montagne, foule verte et silencieuse qui avait dû voir le visage des hommes au couteau.

Si les arbres pouvaient parler, on saurait tellement de choses.

Doméné s'est penché sur une trace de chaussure dans la boue séchée. Des pompes crantées dont la semelle se découpait avec netteté.

Il a soulevé le pied et m'a montré sa semelle à lui.

Une semelle différente.

J'ai essayé de ne pas paniquer.

On a pris des photos.

Une unique empreinte de chaussure, partout. Pas de groupe, donc. Ou alors, des intrus volants type comte Dracula. Ou bien ils étaient une dizaine mais avaient les mêmes grolles et la même taille de pied. Bref, n'importe quoi. Selon toute vraisemblance – et pas la peine d'avoir son bac mention très bien spécialité « élémentaire mon cher Watson » pour comprendre –, un type seul avait dévasté la cabane et apporté son couteau dégueu.

— Allons-y, je suis désolé, Sol, je dois passer à la gendarmerie, a bougonné Doméné après dix bonnes minutes.

Le van caca d'oie rejoint la route goudronnée. Doméné n'a plus de soleil au coin des yeux. Le paysage est le même qu'à l'aller. Pourtant, le ciel est terni et le couteau bat sous nos pieds, objet maléfique emplissant l'habitacle de ses mauvaises ondes.

— Si tu es une sorcière, c'est le moment de lancer un sort protecteur, je murmure à l'oreille de Rosalie.

— Quoi ? demande Doméné.

— Rien... C'est juste que...

Il conduit comme tout à l'heure, avec calme. Je profite de la vue mais allez savoir pourquoi, elle est moins grandiose.

— Ne t'inquiète pas, je suis sûr que ce n'est rien, finit-il par lâcher.

Des graines sont accrochées à son pantalon. Ses tatanes trouées glissent sur les pédales. Le côté de son siège est déchiré et la mousse jaunâtre dessous s'en échappe.

— Une blague nulle. Il y a des cons partout.

Je lui envoie une mimique faussement convaincue, lèvres plissées. Rosalie lèche mes doigts et me sourit.

Quand la maison de mamie apparaît au détour de la route, je respire mieux. Doméné me laisse descendre sans couper le moteur.

— Je dois filer.

— D'accord. Merci, en tout cas ! À part la euh... fin, c'était chouette.

J'ai essayé de paraître enjouée mais je suis aussi légère qu'un mammouth sur une patinoire.

— Je passerai demain pour installer un verrou, OK ?

— Ce serait super !

Là, je suis *vraiment* sincère.

Le van caca d'oie s'éloigne en soulevant un nuage de poussière. Les oreilles de Rosalie flottent à la fenêtre.

Je donnerais cher pour connaître l'ex-femme de Doméné. Pourquoi est-elle partie ?

J'hésite mais il va bien falloir que je raconte la vérité à mamie. Elle est en train de sarcler une rangée de courgettes. Un immense chapeau de paille couvre sa tête. Elle a une dégaine d'enfer avec ses lunettes noires.

— Alors, *guapa* ? C'était intéressant ?

Tu parles !

— Oui, ces... ces cultures sont incroyables.

Je m'approche d'une fourmilière repérée hier en bordure de potager. Les fourmis sont toujours là, à rayer la terre de leurs besogneux trajets, les lignes s'évasent, se resserrent, s'écartent et partent à l'assaut du monde. Je m'accroupis à côté, me penche. Oui, les petites ouvrières sont en rangs d'oignons, affairées, inconscientes que je les observe.

— Je savais que ça te plairait ! Tu veux un thé ? Un morceau de cake au citron ?

— Nan ?!

— Si, sourit mamie. Un vrai cake au citron qui sort du four.

Elle pose sa binette et m'entraîne à l'intérieur.

— On n'a même pas fini le deuxième clafoutis d'hier !

— Il est au réfrigérateur, tu le mangeras demain au petit-déjeuner.

J'attends d'être devant mon mug de thé fumant pour me lancer.

— Il s'est passé un truc pas cool, mamie.

Elle me dévisage par-dessus ses lunettes de vue embuées de vapeur d'eau. Ses lunettes de soleil, elles, trônent sur le haut de son crâne.

— C'est quoi, ce « trucpascool » ?

— Un visiteur a saccagé la maison de Doméné.

Je lui raconte la cabane à l'envers, hésite, lâche le détail du couteau rougi. Mamie me répond « mmmh, mmmmh » et me ressert une part de cake.

Bouddha en perruque derrière des verres myopes. Elle s'en fout royalement.

Pas moi.

— C'est quand même pas très rassurant, mamie. D'ailleurs Doméné posera un verrou dès que possible. Il est sympa, j'ajoute très vite pour anéantir toute volonté de protestation inopinée.

En attendant, tu n'as pas une idée de l'endroit où se trouverait la clef de l'arrière-cuisine ?

— Non, *mi amor*, je suis désolée, j'ai dû la perdre depuis des lustres.

Il y a peut-être un maniaque sanguinaire en maraude dans le secteur et mamie déguste son thé comme si on causait de sa recette de soupe aux orties (dégueu d'ailleurs, je vous déconseille).

— Ne t'inquiète pas, elle ajoute, Albert est là, on ne craint rien.

Je la regarde, ahurie.

La sénilité est entrée dans la maison enveloppée dans son grand manteau de saugrenu.

Ma grand-mère perd la boule.

8

Après mon goûter gargantuesque (il faut hélas plus d'un obsédé du couteau pour me couper l'appétit), je décide d'appeler papa, histoire de vérifier qu'il ne baigne pas, désespéré, dans son vomi.

Mamie est repartie s'occuper de son potager, elle ne fait pas souvent de sieste, elle est fortiche. Je croyais que tous les plus de soixante-dix ans adoptaient la sieste comme sport générationnel. Mais mamie est un roc. Je m'approche du guéridon vert à longs pieds de fer forgé et décroche le téléphone fixe, posé à côté d'une orchidée blanche et du fauteuil dans lequel papi aimait lire son journal. Je m'apprête à dissimuler mes médisances avec une main collée à la bouche, on n'est jamais trop prudent. Mais bien sûr, mon père est sur messagerie.

La silhouette de mamie est courbée en deux de l'autre côté du carreau, surmontée de son large chapeau de paille. Quand j'étais petite, elle prétendait se déshabiller devant ses tomates pour les faire rougir. Rien qu'à imaginer la scène, je virais pivoine. Depuis, j'ai appris que cette plaisanterie éculée est vieille comme le monde. Une image de seins fripés me monte au cerveau et je glousse toute seule. Je la refoule et me concentre pour rester fâchée. Mamie est criminelle de laisser la porte ouverte, sa légèreté me tue. Elle n'est pas responsable ? À moi de l'être pour deux. Je dois retrouver cette foutue clef. Je décide donc de retourner l'arrière-cuisine.

Pendant que je plonge la tête la première dans le barda, j'essaie de me raisonner. On est à la sortie du village, dans un trou paumé au milieu des montagnes, OK, mais en hiver, on sent le feu de bois des voisins. La maison la plus proche est à cinq minutes à pied. Deux minutes en sprint (enfin, pour moi, le sprint, pas pour mamie). On n'est pas siiiii isolées, avec des tonnes de cols et d'escarpements vertigineux à franchir avant d'atteindre les premiers signes de civilisation. Calmos.

Ouaip.

Pas de chance, ça ne fonctionne pas.

Je continue de ruminer.

Je tire sur un carton troué, creuse parmi les objets amoncelés, fore de vraies galeries, enlève, remets, quand un rayon de soleil frappe la fenêtre. Je lève la tête. La fin d'après-midi est douce. Dehors, l'herbe verte resplendit, c'est l'été, le jardin doit embaumer, des effluves de sous-bois, de fleurs. Et moi, je soulève des machins usés et des nuages de poussières. Est-ce bien raisonnable ? Au milieu du tas de débris, je dégote deux transats pas trop démantibulés. Comme quoi, le capharnaüm a parfois du bon.

Allez, la clef n'est pas là, je dois en faire mon deuil. Je vais plutôt compter sur le verrou imminent de Doméné. En attendant, je monte dans ma chambre troquer mon bas de survêt contre un short et redescends avec mon Zola dans le jardin.

Mamie en a fait tondre une partie pour moi. Un voisin l'a ratiboisé avec son tracteur pour que j'en profite un max. Doméné a vendu la mèche. D'après lui, elle l'avait un peu laissé en friche depuis la mort de papi. Avant, elle s'y promenait tous les jours, un sac à la main, pour ramasser les crottes de Bobby. Il lui collait aux basques, une vraie glu, suivait chacun de ses gestes et baissait le museau sur ses étrons comme si mamie lisait son avenir dedans.

Il n'y a plus de crottes.

Au bout du jardin, la ligne noire et compacte des arbres s'étire, si dense qu'on ne distingue pas à trois mètres à l'intérieur. J'inspire. Je ne crains rien. Fracasser le mobilier d'une cabane de montagne n'a rien à voir avec le fait de franchir la limite d'une propriété privée *où vivent des gens*. Je dois me sentir en insécurité à cause du divorce, du modèle familial lynché, de la perte de mes repères (ouais, j'ai lu plein de trucs scientifico-psychologiques pour faire face à la catastrophe ; avec mon père en position fœtale 24h/24 et ses yeux de Bambi, je ne pouvais pas me permettre de chouinasser façon « ouiiiin, au secours, mes parents ne s'aiment plus, tout est ma faute »). Si je pouvais au moins arrêter de m'inquiéter. Bon, le couteau sanglant n'aide pas des masses à relativiser, non plus.

Bref.

J'installe mon transat face à la montagne, sur la pelouse, mais pas trop loin de la maison, et lance mon bouquin dessus.

Je m'approche d'Albert. Il a de la gueule. Il est fièrement planté au milieu de la parcelle, qui ressemble d'ailleurs plus à une prairie qu'à un jardin. Son tronc est si large qu'il faudrait être au moins trois, bras écartés, pour en faire le tour. On dirait une tour de château médiéval, ou le pied d'une chimère monstrueuse qui puiserait sa force au centre de la Terre. Il s'élève encore plus haut maintenant que je suis tout près, ses branches sont chargées de feuilles vertes pleines de petits lobes.

Je pose ma main sur son épaisse peau. Je suis sûre qu'Albert abrite des dizaines d'insectes et d'oiseaux. Une chouette, peut-être ?

Non, je l'aurais entendue hululer.

— Salut Albert, je suis Soledad, tu me reconnais ? Mamie m'a parlé de toi. Je ne savais pas que tu avais un prénom, figure-toi. Tu te souviens de Sally ? J'aimais bien venir jouer avec elle et Dents-de-sabre, ouais, tu sais le tigre, ils vivaient une passion torride. Enfin, les temps changent. Sally n'existe plus et il paraît que tu es le gardien de la maison désormais, surtout depuis la mort de papi.

Je jette un coup d'œil par-dessus mon épaule. Personne en vue. Je peux me ridiculiser tout mon saoul. Je me promets in petto de ne jamais raconter cet épisode pitoyable à mes amis.

— Je ne vais pas te mentir : je crois qu'un maboul traîne dans le secteur. Et comme tu as pu le remarquer, il n'y a plus ni papi, ni Bobby. Personne n'est là pour... eh bien, pour veiller sur nous, quoi.

Mon téléphone vibre. Je capte sous Albert ! C'est Trinité :

« T'es encore vivante ? »

« Quelqu'un t'a éventrée et tu ramasses tes intestins avec une balayette ? »

« Sol, t'es coincée dans un très très long tunnel ou quoi ?! »

J'essaie de ne pas voir de mauvais présage dans cet enchaînement de messages lugubres.

« Non, je suis avec Albert. »

J'efface cette horreur et corrige aussitôt :

« Hors connexion 23h50/24. L'enfer. Ça va ? »

Banco, mon message décolle et part vers sa destinataire !

« Ouais, la piscine d'été a rouvert, je bronze du tonnerre. Abdel a commencé son stage de permaculture, il est hyper content. »

J'aurais dû inviter Abdel. J'y vois clair, maintenant. Ma grand-mère lui aurait tout appris et j'aurais passé moins de temps à étudier le trajet des fourmis dans le potager.

« Et Suzanne ? »

« Elle a disparu des radars. »

Je m'adosse à Albert. Son écorce rugueuse m'offre un massage gratuit. J'ai l'impression de m'appuyer contre la colonne d'un temple grec.

« Elle a un nouvel amoureux, tu veux dire ? »

Trinité me bombarde de smileys. Allons bon, je cause à Rosalie et Albert, et mes potes, eux, roulent des galoches en sirotant des mojitos.

« Tu vas tenir le coup, Sol ? »

« Ouais. Ma grand-mère est très seule, c'est bien que je sois là. »

Ouais.

Je crois.

Trinité me raconte quelques ragots, une préparation de manif pour le climat à la rentrée, son plan camping bis entre cousins qui a foiré, sa mère qui s'est teint les cheveux en roux, une horreur, sa grande sœur partie en Norvège avec des copains, cette garce, et elle me demande des nouvelles. Je lis, je mange, je dors. Je sens qu'elle se décompose de jalousie. Je ne mentionne pas le couteau sanguinolent. Il faudrait raconter Doméné, le carré de fleurs. Flemme. On finit par s'envoyer des bisous et Trinité repart en goguette. Ma conversation terminée, je tapote Albert et file m'allonger sur mon transat.

L'odeur de la toile un poil moisie me monte au nez, mais je décide de ne pas lui accorder d'importance. Cette histoire de couteau a quand même bien dû me traumatiser, parce qu'au moment où je m'apprête à lire, je lève les yeux et constate, un peu sonnée, que les feuilles d'Albert frémissent dans l'air.

Sans un pet de vent.

J'ai beau examiner les arbres à la lisière de la forêt, pas un ne gigote.

Je fais de nouveau le point sur Albert.

Ses feuilles sont immobiles.

Je fais peut-être une crise d'hypoglycémie. Pourtant, je n'ai pas faim. Je vérifie une dernière fois le feuillage d'Albert.

Rien ne cloche.
Alors j'entre chez Zola et oublie le jardin.

Quand je sors de la mine, il ne fait pas encore nuit, mais les massifs ont éteint le soleil – il disparaît toujours plus tôt ici qu'en plaine. Je laisse les transats sur place avec la ferme intention de les réutiliser et m'étire, prête à rentrer. Je mate une dernière fois la forêt qui s'assombrit à toute vitesse… et remarque une tache claire dans le gazon, au pied d'Albert.

Qu'est-ce que c'est que ce truc ?

J'hésite quelques secondes mais je ne veux pas me métamorphoser en petit rongeur terrorisé par le moindre craquement de branche (au secours, qu'est-ce ? Une chouette ? Un serpent ? Un renard ? Un héron ? Sauvons-nous !). Je décide de vérifier. De toute façon, cette tache claire n'est rien. Être capable de marcher *dans le jardin de ma grand-mère à n'importe quelle heure* est la preuve ultime que je suis saine d'esprit, les pieds sur terre. Je ne me laisse donc pas impressionner. Je ne me recroqueville pas. Je remonte la pente douce, mes pieds s'enfoncent dans la terre amollie par la pluie, je marche vers Albert. J'essaie de ne pas jeter de lorgnades inquiètes à la forêt qui s'obscurcit. Je respire calmement, m'oblige à lever la tête, à admirer le ciel dont la teinte pâle contient déjà la promesse de la nuit, j'avance nonchalante, bras souples, je n'ai pas peur, *je n'ai pas peur*.

Ce n'est qu'à deux mètres d'Albert que je commence à identifier *la chose* qui gît par terre.

Comme c'est impossible, je continue, un pied après l'autre, le son de l'herbe frotte contre mes baskets et emplit l'espace.

Je n'observe plus le ciel, nonchalante.

Je suis braquée sur la tache claire, encore trois enjambées, trois, deux, un, j'y suis. Je reste debout, immobile, et fixe la scène de tous mes yeux écarquillés. Je dois avoir l'air d'un poisson agonisant.

Entre deux racines d'Albert, il y a un petit corps dénudé.

9

La silhouette est fine, les yeux délavés n'ont plus de pupille, les iris ont été effacés. La peau est couverte par endroits d'une substance translucide, mais pas de doute, je la reconnaîtrais entre mille : c'est bien Sally et ses cheveux bleus coupés au carré par ce connard de Ferdinando, qui est étendue dans le jardin de mamie.

Sally que je n'ai pas vue depuis quoi, douze, treize ans ? Qu'est-ce que Sally fout là ?! Je finis par la ramasser du bout des doigts. Le truc transparent ressemble à de la colle chimique.

Je tremble tel le Yorkshire à mémère sous la pluie et observe la terre à l'endroit où le petit corps était allongé. Sally devait être coincée ici quand j'ai parlé à Trinité tout à l'heure, mais je n'ai pas fait gaffe, obnubilée que j'étais par ma connexion et mon écran. Je lui ai peut-être même marché dessus. Ferdinando l'aura enterrée. La pluie et l'érosion l'auront délivrée.

— Si tu laisses les méchants commettre des tentatives d'assassinat sur poupée innocente, je glisse à Albert, tu es un piètre gardien, mon vieux.

L'ombre du soir rampe autour de moi. Je ne m'attarde pas et rentre, Sally rongée par le temps dans une main.

Ma poupée sortant de sa tombe a une explication logique.

Alors pourquoi le machin froid et visqueux est-il cramponné à mon cou comme un boa constrictor ?

Mamie est dans la pièce principale. Ses yeux sont fermés et elle se tient droite sur son fauteuil, à part la tête qui pendouille sur sa poitrine. Son tricot est tombé à ses pieds, une des aiguilles a roulé au milieu du salon. Je reste une seconde plantée sur mes deux jambes, la panique m'étrangle, puis je cours vers elle et la secoue si bien qu'elle ouvre les yeux en hurlant :

— Sol ! Tu vas me faire avoir une crise cardiaque !

Dois-je le préciser ?

J'ai cru qu'elle avait passé le Styx.

Je lui souris :

— Désolée, j'ai...

Non, je ne peux pas verbaliser.

— Peu importe. Regarde qui j'ai trouvé enterrée dans le jardin !

Mamie fronce les sourcils, tâtonne son nez, remet ses lunettes en place.

— Quelle est cette chose ?

— Tu te souviens de Sally ?

— Non.

— Mais si : la grosse crise avec tante Marta ! Je devais avoir cinq ou six ans, Ferdinando a coupé les cheveux de ma poupée, j'ai voulu l'en empêcher, il m'a frappée. Et après, comme par enchantement, elle s'était volatilisée !

— Ah mais bien sûr ! Papi était furieux, il y a eu une épouvantable engueulade entre ton père et sa sœur. Tu viens de la retrouver ?

— Oui ! Au pied d'Albert.

— Mais... Pourquoi était-elle enterrée ? J'aurais plutôt imaginé Ferdinando en train de la démembrer.

J'éclate de rire. Les larmes envahissent mes yeux, et voilà mamie qui se bidonne aussi, tellement qu'elle en lâche le tricot que je lui avais ramassé, son rire par petits à-coups flûtés me donne encore plus envie de rigoler, sa figure plissée ressemble à celle d'un Shar Pei centenaire, ses yeux sont engloutis par la peau de son visage, et on se gondole en tressautant comme des pantins de bois agités par le vent.

Au bout d'un moment, quand même, on se calme. Je récupère le tricot pour la deuxième fois. Mamie tend la main vers l'aiguille qui s'est de nouveau fait la malle, je m'exécute et lui rends le tout.

Le silence se réinstalle dans la grande salle. On observe une fois de plus Sally. Le tic-tac de l'horloge fait un barouf d'enfer. Je crois que mamie pense la même chose que moi, parce qu'elle prononce à voix haute les mots en train de s'assembler brusquement dans mon cerveau, maintenant que j'ai un peu de recul :

— Elle est couverte de sève, on dirait. Elle était enterrée, tu dis ? Tu l'as nettoyée ?

— Non.

— Pourquoi il n'y a pas de terre sur elle ?

Je me disais bien qu'il y avait un truc bizarre.
— Euh... il a plu ?

J'éprouve un léger malaise vis-à-vis de Sally surgie d'entre les poupées mortes. Ce n'est pas pour me trouver des excuses, mais il existe une tripotée de romans d'horreur à base de poupées du diable. Sa résurrection soudaine n'est pas pour apaiser mon imagination débridée.

Alors je lui demande vaguement pardon de l'avoir livrée aux mains de mon psychopathe de cousin, pardon surtout pour ce que je m'apprête à faire, et au lieu de l'installer dans ma chambre, je l'assois sur une caisse dans l'arrière-cuisine. Je lui prépare une couverture avec un sac en plastique, enfin, je fais les choses bien, je lui dis à plus tard, et je me sauve, direction ma chambre pour m'isoler et cogiter.

Allongée sur mon lit, les yeux dans le flou, j'essaie de songer à autre chose. Autre chose que : « ma poupée est réapparue après des années entre les racines d'Albert, on ne sait comment ». Échec cuisant.

Dehors, le jour nuiteux a gagné. Un vent mauvais souffle, les transats vont avoir froid.

Je me fouette, sors de ma torpeur, et file aider mamie à préparer le dîner.

Il est très sympa, on oublie Sally. Mamie me demande qui sont mes copains. Je les lui décris. Je lui parle des penchants de Trinité pour les jolies filles. Mamie hoche la tête et dit ah bon. Abdel et ses appétits de permaculture l'intéressent carrément plus.

— Ça existe, ça ? Des stages de potager ?

Elle me fait marrer.

La salade de riz est divine, mais pas autant que la crème anglaise. Je m'occupe de la vaisselle, laisse nos assiettes s'égoutter à côté de l'évier, et j'imite ma grand-mère : je monte tôt, non sans avoir au préalable barricadé la porte de derrière et essayé de ne pas trop regarder Sally trônant sur sa caisse en bois avec son visage sans yeux.

Rosalie me manque. Je me demande si Doméné a porté plainte. Je bouquine sous ma couette, perdue dans les corons au milieu des gueules noires. Les lampes à pétrole puent autant que le van à la bique, et les châles sont troués.

Tourner les pages jusqu'à ce que les lettres se brouillent et s'emmêlent sans crainte du réveil ou des cernes du lendemain s'appelle le nirvana ou je ne m'y connais pas.

Des grignotements suspects attirent mon attention. Il doit y avoir des souris au grenier. Je les visualise en train de vaquer, courir le long des murs sur leurs petites pattes, rongeant les meubles abandonnés et les bouquins racornis, nettoyant leur museau pointu avant de repartir de plus belle. Je replonge dans mon roman.

Quand je louche d'épuisement, la maison est un puits de silence.

Je me lève pour fermer les volets et jette un coup d'œil dehors. La lune surplombe la canopée. Elle est dans un état inversement proportionnel au mien, bien réveillée, et éclaire le jardin de sa lumière polaire. Quelque chose me dérange dans ce tableau, et je crois d'abord que c'est la silhouette souple dans la parcelle. Une biche y broute tranquillement. Dans les rayons de lune, sa robe rousse se pare de reflets argentés. Elle avance par foulées fascinantes de grâce, lève parfois la tête, aux aguets, ses grandes oreilles attentives en mouvement perpétuel. Puis elle se baisse et continue de savourer l'herbe et les jeunes pousses.

Brusquement, elle bondit : en trois sauts élégants, elle disparaît dans le sous-bois.

Moi aussi, je guette. Qu'est-ce qui l'a fait fuir ? Je patiente. Rien ne trouble le jardin. Pourtant, mon malaise persiste.

Soudain, je comprends ce qui me fait tiquer.

Ce n'est pas la biche.

C'est Albert.

Son majestueux feuillage séculaire pâli par la lune domine le jardin. Seulement, il n'est plus dressé vers le ciel de manière uniforme comme cette après-midi, ses branches bien réparties comme *n'importe quel arbre normalement constitué.*

Non.

Les branches d'Albert sont désormais orientées dans une seule direction : la lisière de la forêt.

10

Plantée devant ma fenêtre, je pense enfin à fermer la bouche. Je regarde mieux que la première fois. Albert est *vraiment* de traviole, ses branches ont migré comme si elles voulaient attraper l'homme invisible.

Pas le choix, je me griffe.

Albert a la même position.

— Concentre-toi, Sol, *cet arbre ne peut pas avoir bougé. C'est un arbre.* Tu as des visions. Ou mamie a mis de la drogue dans son cake au citron. Il y a forcément une explication.

OK, laquelle ? La situation est absurde, la chose grotesque, je suis au courant, je sais ce que je vois !

Pétrifiée à la fenêtre, je ne quitte plus Albert des yeux. Je respire à peine.

Cinq minutes, vingt minutes.

Une heure.

J'ai des fourmis dans les orteils mais tant pis : je veux savoir si j'ai la berlue. *Évidemment, il ne se passe rien.* Albert ne bouge pas d'un iota, à part ses feuilles qui ont l'air de me faire coucou sous la lune. Comme s'il allait se retourner et me faire un clin d'œil.

C'est officiel, je suis barjo. Ou épuisée. Je décide que la deuxième solution est la bonne. C'est de notoriété publique, la fatigue fait vriller les neurones. Après tout, j'ai connu mieux comme année. Il faut bien évacuer le stress et la tristesse, le bac, le divorce, l'arrivée en fanfare de *doudou* (à l'aide !), la dépression du bouc, la mort de papi, celle de Bobby...

Tordre la réalité pour mieux la surmonter est un classique des maladies mentales, je crois.

Je zyeute une dernière fois le jardin. Aucun changement à signaler.

Il doit y avoir un effet d'optique depuis ma chambre : j'ai mal évalué les distances, les proportions. Demain matin, je trouverai la raison de cette folie passagère.

Me voilà étrangement rassérénée par mon cerveau fumant. Néanmoins, je ne vais pas jusqu'à fermer les volets. Pas question de mettre le nez dehors. Trouillarde, moi ? Pfffff.

Je me couche en essayant de ne pas grelotter dans mon lit.

Il me faut plus d'une heure pour m'endormir.

Lorsque j'émerge le lendemain, je suis attirée par des bruits de grattouillis au-dessus de ma tête. Aucun doute, une famille de rongeurs a élu domicile dans le grenier. Je sourirais presque à l'idée de ces voisins en forme de passagers clandestins, mais Albert me revient en mémoire. Je bondis hors du lit et colle mon nez au carreau.

Je ne vais pas mentir : j'ai une suée sauvage.

Albert est normal : ses branches sont déployées harmonieusement autour de son énorme tronc.

Pourtant, je le revois hier sous la lune, à l'oblique, façon chêne de Pise. Qu'est-ce qui m'arrive ?! Ma respiration perd de sa fluidité, je cherche l'air soudain privé de son oxygène comme si j'avais la tête plongée dans l'eau, je marche jusqu'à mon lit, tripote mes cheveux, retourne à la fenêtre.

Concentration.

Pas de doute, Albert est identique à lui-même. Au lui-même d'*hier après-midi.* D'une banalité à pleurer.

Je reste un moment à le scruter sans savoir quoi penser. Mon cœur joue à cache-cache dans ma cage thoracique, *coucou-beuh.* On dirait qu'il veut se faire la malle.

Je quitte mon poste d'observation, enfile un sweat, m'apprête à descendre prendre mon petit-déjeuner mais fais demi-tour, reretourne à la fenêtre. J'étudie ce satané chêne.

Longtemps.

Mon souffle saccadé se calme.

Dans le jour qui exulte, sous le bleu indécent du ciel, Albert n'a rien d'exceptionnel.

À force de le lorgner, j'acquiers une certitude : Albert *ne peut pas* avoir bougé. La découverte de la cabane saccagée et son cadeau bonus, le couteau sorti de nulle part, ont dû provoquer un court-circuit dans mon ciboulot, sorte de trouble de stress post-traumatique. Sans compter le cumul des mois glauques et instables.

Inutile de me faire du mouron, je ne suis pas folle, je suis juste à bout de nerfs.

Dans le jardin, j'aperçois une ribambelle de fleurs. Leurs corolles blanches, mauves ou jaunes se balancent au milieu de l'herbe.

En prime, papa est tout seul dans son appartement mal aménagé. En mon for intérieur, je redoute qu'il ne fasse une bêtise, que son cafard l'emporte comme une vague monstrueuse, le bouscule, l'entraîne dans les profondeurs noires du chagrin. Oui, maintenant que je le verbalise, l'évidence me frappe, je suis terrorisée à l'idée que la solitude et l'amertume le noient et me l'enlèvent pour toujours.

Albert est un chêne vigoureux, lambda. La maison de mamie est peuplée de fantômes. Je suis poreuse à l'ambiance, dévorée d'angoisse. Et je disjoncte un peu. Ça arrive.

Je fais mon lit en défroissant ma couette roulée en boule, ouvre la fenêtre en grand pour aérer, et je quitte ma chambre.

En bas, la radio beugle. Mamie fait frire de gros morceaux d'aubergines dans une poêle. Elle baisse le son entre deux retournements de légumes.

— Bonjour, *tesoro mío* !

J'attrape le thermos de café, m'en sers un mug plein à ras bord et pose mes fesses sur le banc.

— Fais att...

Trop tard. Je me brûle la bouche au troisième degré et pousse un couinement d'oisillon à l'agonie. Mamie a envie de rire, moi, de l'étrangler. En même temps, ça fait longtemps que je ne l'ai pas vue aussi vivante.

— Ça va ? je demande.

— C'est plutôt à toi qu'il faut poser la question ! Je suis debout depuis 7h, j'ai jardiné dans l'air frais, mes salades sont en pleine forme, j'ai fait du café il y a vingt minutes en prévision de ton réveil, je prépare le repas de ce midi, et il fait beau. De ton côté, tu as des cernes jusqu'au menton et tu es tellement fatiguée que tu n'es pas fichue de voir que le café est brûlant alors qu'il fume.

Mamie me tend deux belles tranches de pain grillé que je m'empresse de recouvrir de confiture maison.

— J'ai donc l'air d'aller mieux que toi ! conclut-elle.

Durant deux secondes, je capte dans ses pupilles un éclat perdu. La joie. J'en reste baba.

— Ah, avant que j'oublie, poursuit-elle. J'ai une idée !

Je hoche la tête pour la laisser développer.

— Tu t'ennuies ? me lance mamie.

— Alors là, pas du tout !

Une embarrassante rougeur me monte aux joues. Celle du mensonge.

— Allons, *princesita*, je ne suis pas encore complètement sénile. Quelque chose me dit que tu aurais préféré rester avec tes amis à te dorer la pilule et rencontrer des beaux gosses avec de gros cerveaux et de gros biceps, plutôt que venir t'enterrer trois semaines chez ta vieille mamie morose.

Papa a raison : totalement foldingue.

— Tu n'es pas si morose que ça...

Plus de conviction, Sol, allez, un effort !

— Tu m'as bien dit que ton copain Abdel suivait un stage de permaculture pendant une semaine ?

Je fais oui.

— Tu l'aimes ? me balance mamie tout à trac.

— Mais ça va pas, hein !

— Oh là là, Sol, le mélodrame du Sud coule dans tes veines ! Tu es amoureuse de lui ?

— Mais non ! C'est un pote !

Mamie enlève un par un les épais ronds d'aubergine de sa poêle et les pose dans une assiette avant de réitérer l'opération friture. Le combo café-aubergine, niveau narines, est moyen.

— Donc si je l'invite ici, vous ne ferez pas de cochoncetés ? Vous dormirez chacun dans votre chambre ?

Je la contemple.

— De quoi tu parles ?

— *Mi Sol*, voudrais-tu inviter ton copain Abdel à venir passer un peu de temps ici, une fois son stage terminé ? Tu seras moins seule et je pourrai lui montrer comment une grand-mère règne sur son potager.

J'ai tellement laissé tremper ma tartine que lorsque je la sors de mon café pour la savourer, elle se détache et retombe en éclaboussant mon menton.

— T'es sérieuse ?

— Mais oui !

— Super idée !

Je pêche mon morceau de pain à la cuillère, fébrile.

— Ce serait top ! Top moumoute !

Mamie baragouine un truc en espagnol, quelque chose comme : « *Habla más claro, no te entiendo !* »

Car au cas où vous ne l'auriez pas remarqué, ma grand-mère vient d'Espagne (d'où pensez-vous que je tienne mon prénom ? Soledad, ça sonne normand, peut-être ?). Elle a fui le régime franquiste avec sa mère et ses deux frères. Elle a passé les cols escarpés, marché longtemps, les pieds en sang, s'est arrêtée peu après la frontière. Ensuite, mamie a attendu son père. Il ne les a jamais rejoints. Elle a su plus tard qu'il avait été abattu par des mercenaires de Franco. Avec sa famille amputée, elle a erré de ville en ville, fagotée de haillons et de tatanes trouées, elle a traversé des régions souvent inhospitalières, des campagnes méfiantes, a appris le français en suant, mitraillée des yeux par les bons Français qui l'accusaient de grouiller de poux, d'être une étrangère qui leur volerait bientôt leurs maris, a dormi dans des fossés, et j'en passe. Elle a grandi, tête baissée mais n'en pensant pas moins, et du haut de ses dix ou onze ans, a aidé certains gars de son patelin à passer des messages à la Résistance pendant la guerre. Elle a travaillé dans une ferme, fait les foins, tressé des paniers chez un vannier, été couturière. Elle a fini par rencontrer un grand type costaud qui construisait des meubles avec ses mains pleines de cales, et en est tombée raide dingue. Ils ont vécu plus de soixante ans ensemble. Ma grand-mère est devenue enseignante, professeure d'espagnol. Elle a eu deux enfants assez tard, et comme la vie sait donner des claques, on a dû lui enlever tout l'attirail à faire d'autres bébés. Mon père s'appelle Juan. J'ai les cheveux noirs et bouclés de mamie, mamie Elvira que petite j'appelais mamie Rara. Je suis fière de venir d'ailleurs, ma famille est riche de culture, elle s'est battue pour survivre, s'intégrer. Aujourd'hui, plus personne ne songe à me demander mes papiers. Mais on les demande à d'autres – triste écho de l'histoire bien trop répétitive à mon goût –, qui pourraient tous et toutes être ma grand-mère.

Le seul héritage que j'aime moins dans cette fresque familiale revendiquée, c'est mon prénom.

S'appeler Solitude, franchement c'est la poisse. Une sorte de message subliminal lancé au ciel par mes parents alors que je respirais depuis dix-huit secondes : « Tu vivras et mourras seule, tu avanceras comme un lapin blanc dans une forêt obscure, et c'est comme ça. »

Merci, les gars.

Mais revenons-en à mon petit-déjeuner. Doméné déboule sans avoir frappé à la porte. Mamie le dévisage, surprise. Il s'explique de sa voix calme :

— Quatre brebis ont été tuées chez Jean.

Doméné, toujours debout, me lance un drôle de coup d'œil avant de continuer :

— On leur a tranché la gorge au couteau.

11

Doméné m'a obligée à emmener Rosalie dans le jardin. Je ne suis pas mécontente d'être accompagnée, même quand elle s'éloigne pour laisser traîner sa truffe humide entre les touffes d'herbe. Ça me rappelle le bon vieux temps avec Bobby. La voir courir partout les oreilles au vent diffuse dans l'air des relents d'allégresse aux antipodes de l'ambiance sépulcrale de la cuisine.

Car Doméné est arrivé avec des nouvelles fort peu réjouissantes. Un voisin, dont les brebis paissaient plus haut, dans une prairie le long de la route vers le port de Castet, y a retrouvé quatre cadavres ce matin. Inutile de crier au loup. Il a aussitôt compris que le meurtrier marchait sur deux jambes et qu'il était muni d'un couteau. Notre couteau ? C'est ce que Doméné aimerait savoir. Il a passé la matinée à la gendarmerie, et en est sorti dépité.

— C'est louche tout ça, a-t-il grommelé en piquant une aubergine dans l'assiette de mamie.

— Ne te monte pas le bourrichon, Doméné. Peut-être Jean s'est-il fait des ennemis en vendant ses pâtures aux Anglais.

— Enfin ! Personne ne ferait ça dans le village, Elvira !

Ma grand-mère m'a chassée hors de la cuisine à ce moment précis. Je rappelle que j'ai mon bac. J'ai vu *Game of Thrones.* Mais elle n'en a pas démordu, je me suis donc exécutée. J'ai juste eu le temps d'entendre un « Sol a encaissé la séparation de ses parents, la mort de son papi, je ne veux pas qu'elle s'inquiète à cause d'un marlou traînant dans les parages. »

Sans rire. Il faut l'entendre dire « marlou » avec son accent qui roule les R. Ma mamie...

Je m'en fiche, j'ai à faire dans le jardin. Autant y aller avec Rosalie, saucisse de la joie. Je serre les dents en m'approchant d'Albert. Les poings aussi. Je le scrute avec une attention méticuleuse, prête à débusquer la moindre anomalie.

Aucune trace de déhanchement nocturne.

Conclusion : je suis complètement siphonnée et percluse d'angoisse de mort. Maintenant que la vérité éclate au grand jour, à savoir que j'ai eu un épisode d'hallucination noctambule, je suis soulagée de ne pas avoir parlé d'Albert à mamie. Pas sûr que l'invitation d'Abdel tiendrait toujours si elle s'inquiétait pour ma santé mentale. Je réprime un frisson tandis que je pose la main sur Albert. Dingue : il ne se passe rien. C'est un arbre, quoi, avec sa grosse écorce et sa tête qui frôle les nuages. Juste un arbre, branches tournées vers le ciel et racines plantées dans la terre jusqu'à la fin.

Mon téléphone vibre, je le sors de ma poche. Une fois de plus, j'ai du réseau sous Albert ! Cinq photos de ma mère me sautent à la figure. La mer est bleue à faire mal aux yeux. Maman est dorée par le soleil sicilien et a la décence de ne pas m'envoyer Pierre-doudou sous tous les angles. J'apprécie cette réserve de bon aloi. Je lui envoie des cœurs roses. J'en sers aussi une salve à mon père, histoire d'être équitable, même si je serais plus encline à lui balancer des majeurs tendus. Mes messages partent en un clin d'œil. Albert est si haut qu'il doit faire antenne parabolique.

— Merci, mon grand ! je lui lance en appelant Abdel.

Il décroche aussitôt.

— Hey ! Ça va, Sol ? Je te manque ? murmure-t-il.

Je me recroqueville et enchaîne à voix basse :

— Qu'est-ce qui se passe ? Pourquoi tu chuchotes ?

— Je ne peux pas trop parler, je suis... aux toilettes, lâche Abdel dans un souffle.

Mon rire doit s'entendre jusqu'aux nids de vautours fauves, à plusieurs kilomètres. Je me reprends.

— Tu veux que je te rappelle ou tu peux écouter ?

— Vas-y ! souffle-t-il, et je ne peux pas m'empêcher de le visualiser assis sur la cuvette, le jean tirebouchonné jusqu'aux chevilles, coincé entre quatre murs étroits, un immense rouleau de papier toilette à quelques centimètres de son oreille droite.

Mes abdos s'agitent frénétiquement et j'essaie de réprimer le fou-rire qui monte quelque part dans mon ventre.

— Ta formation se termine bien à la fin de la semaine prochaine ?

— Oui.

— Tu ne veux pas me rejoindre quelques jours pour prendre le bon air et mettre en application tes cours dans le potager de ma grand-mère ?

Silence.

— Abdel ?

Mon téléphone vibre. Je lis :

« Quelqu'un vient d'entrer ! »

— Ha ha ha ! Tu crois qu'il m'entend si je hurle ? Hééééé ! Monsieur ! Abdel fait caca !

« Arrête, andouille. »

Je consens à raccrocher.

« Ma grand-mère et moi-même t'invitons dans les Pyrénées. On mangera des cakes à la drogue (je t'expliquerai), on bronzera dans le jardin, et tu apprendras auprès de la plus formidable professeure de courgettes du monde. »

« Je prends mon billet pour quand ? »

Je souris sous Albert. Rosalie vient me lécher le mollet.

— Je vais pouvoir te présenter Abdel ! je lui annonce, au comble de la jouassitude.

« Quand tu veux. Dimanche ? Lundi, mardi ? »

J'agrémente de sourires suintant l'amour.

Puis j'ajoute :

« Tu n'as pas peur des histoires un peu glauques ? »

« Euh... quel genre ? »

« Un maboul se promène peut-être dans le secteur. Il a égorgé des brebis pas loin. »

« Beurk ! Tu inventes ou tu vis dans un roman policier ? »

« Je te jure. C'est moi qui ai trouvé le couteau plein de sang. »

« Nan mais la montagne, ça me gagne ! Moi aussi, je veux vivre des aventures ! »

Je me rends compte que je retiens ma respiration depuis le début de cette conversation et m'oblige à ventiler mes poumons.

« Cool ! Tu me tiens au courant pour ta visite ? »

« Je peux rester combien de temps ? »

« Je sais pas. Je pars dans dix-huit jours. »

« Je te préviens, je risque de squatter, j'ai rien d'autre à foutre. »

« Mouahahahaha. »

Emballez, c'est pesé !

12

Quand Doméné vient chercher Rosalie dans le jardin, on est toutes les deux affalées sur mon transat. Elle comate, une de ses longues oreilles recouvrant mon genou. De mon côté, j'examine Albert sous la moindre couture, yeux mi-clos. Je grave son image et son emplacement dans mon esprit enfumé.

Dès qu'elle sent approcher son maître, Rosalie fait un flip arrière et cavale à sa rencontre. Doméné me lance un sourire.

— Ça va ?

— Ouais.

Il s'assoit tout droit sur le transat à côté du mien et bascule en arrière.

— Pétard ! C'est dangereux pour mes lombaires, ce truc !

Rosalie aboie pour souligner son assentiment. Rosalie est un peu une fayotte. Doméné est plus jeune que mon père. Il doit avoir entre trente-cinq et quarante ans. Il est aussi plus seul. Je suis sûre qu'ils s'entendraient bien, tous les deux.

— Tu ne pars pas en vacances ? je lui demande.

— Non, l'été, c'est la pleine saison pour les fleurs et les aromates. Je travaille.

Il me jette un coup d'œil rapide.

— Tu n'as pas peur ici, toute seule avec ta grand-mère ?

— Si.

Oups. Ça m'a échappé. Doméné soupire.

— Je n'ai pas eu le temps d'acheter le verrou avec ces histoires. Je te promets d'y aller.

— Merci. Tu vas retourner à ta cabane ?

Rosalie essaie de nouveau d'attraper le bout de sa queue dans la position du donut.

— C'est mon bureau, tu sais !

— Il... il n'y a pas de danger ?

— Non. Les gendarmes ont promis de patrouiller matin et soir. Et puis, il n'y a plus rien à casser.

Je hoche la tête. La solitude de Doméné est palpable, comme celle de mamie. Je ne m'appelle pas mère Teresa, je suis au courant, mais je peux peut-être apporter une bouffée de vent frais à ces deux existences remplies de toiles d'araignées.

— Peut-être pas aujourd'hui, en revanche, demain, je pourrais t'aider à la cueillette, ça te dirait ?

— Avec plaisir ! Ta grand-mère dit que tu t'emmerdes. Tu ne veux pas faire autre chose ? Du VTT ? De l'accrobranche ? Du canyoning ? Je peux t'emmener...

— Non, t'inquiète, ça va.

Doméné se lève. Il est gentil. S'il veut se trouver une amoureuse, je dois lui suggérer de laver son van. Qu'il arrête de puer la bique, aussi.

— Ne traîne pas dans les bois, d'accord ? Allez Rosalie, on y va !

Je me rallonge sur mon transat, à ressasser sa petite phrase lâchée l'air de rien.

Je ne dois pas traîner dans les bois. Là. Au bout du jardin.

D'après Doméné, ça craint.

Je pense à Abdel en allant aux toilettes. Alors que je suis posée, les fesses sur la cuvette qui se réchauffe, j'avise parmi la pile de bouquins entassés sur une étagère branlante un livre de poche de Maupassant. Comme Zola est resté dans ma chambre, je l'attrape et le feuillette. Je tombe sur *Le Horla*. Je me mets à lire, vissée sur mon postérieur. Quand je referme le bouquin, je suis partagée entre l'envie de sourire et un malaise poisseux. On dirait moi avec Albert. Sauf que Maupassant a écrit une fiction et que j'ai l'impression tenace de la vivre *dans la vraie vie*.

Après m'être douchée, je redescends et cherche mamie partout. Je la trouve dans le bureau de papi.

— Ça va ?

Ses yeux sont rouges, ses mains tremblent.

— Je voulais profiter du fait que tu sois là pour ranger ses papiers... Je n'ai pas encore réussi à entrer. Je suis désolée... il faut... Il me faut de la force, tu comprends ?

Je reste plantée comme un bâton de ski. Muet, le bâton.

— Je n'y arrive pas, dit-elle.

Je m'approche et la prends dans mes bras. Je suis plus grande qu'elle. Ma grand-mère a gravi les Pyrénées en sandales pour échapper à la guerre, traversé mille dangers, mais aujourd'hui, ses côtes glissent sous mes doigts. Si je serrais plus fort, je pourrais la casser.

— Tu voudrais qu'on aille le voir un de ces quatre ? je propose.

Quand on roule sur le périph', j'aperçois des centaines et des centaines de tombes alignées dans les cimetières en bordure de Paris, grises, couvertes de pollution. Les morts ne sont pas tous logés à la même enseigne. Le cimetière de Castet est un des plus beaux endroits du monde. Il est perché haut sur une colline, en surplomb du gave d'Ossau et d'un lac aux eaux turquoise. Quand on gravit le chemin pour y accéder, on se cogne d'abord à une vieille église. Elle est rude, cette église, une montagnarde qui en a vu d'autres. Avec son clocher austère, elle a l'air de veiller sur ses morts depuis la nuit des temps.

Il suffit de pousser le portail en fer forgé pour entrer. Tout de suite, on est ailleurs. Pas seulement dans un cimetière, je veux dire. Il y a le ciel. Plein. Grandiose. Une coque de lumière infinie. Il y a les montagnes autour, leur ombre découpée, les forêts sombres, les pâturages verts, les dénivelés rocailleux, les routes en lacets creusées comme au burin sur les versants, les vaches, pointillés clairs piqués sur les pentes. Et posé plus loin depuis des siècles, le château. Sa tour, dame fatiguée mais digne, se détache sur le relief et le ciel. Il faut avoir un cœur en parpaing pour ne pas être ému par tant de beauté. C'est là qu'est papi, désormais.

Mamie s'essuie les yeux.

— Non, ne t'embête pas. Mais peut-être que je réessaierai de trier la paperasse d'ici quelques jours.

— Je t'aiderai. On écoutera de la musique. Pas triste. Je mettrai du rock bourré de guitare saturée et de batterie qui tabasse. Un truc qui nous aidera, d'accord ?

Mamie m'offre un petit sourire.

— D'accord. Je n'aurai qu'à enlever mon sonotone.

Elle arrive à blaguer. C'est déjà ça.

Je mets la table pour deux.

Je ne suis pas venue depuis deux ans, sauf à la Toussaint deux jours. Ça ne compte pas. Je ne veux pas culpabiliser. J'avais besoin de grandir chez moi, parmi les miens, Suzanne, Trin',

Abdel. De franchir les haies : brevet, entrée au lycée, bac. Maintenant que je suis ici, je me dis que ces vacances obligées ne sont peut-être pas si pourries. Surtout si Abdel se radine.

Les aubergines fondent dans la bouche. Je raconte l'épisode du coup de fil aux toilettes à mamie, elle rit. Qu'elle est seule dans cette grande maison ! Chaque jour qui passe, je m'en rends plus compte. Il est sympa Doméné, de s'occuper d'elle.

— Pourquoi elle est partie, la femme de Doméné ?

Mamie prend son temps pour me répondre.

— Les couples, c'est compliqué. Tu es bien placée pour le savoir.

J'acquiesce. Mes parents se sont déchirés en quelques semaines, je n'ai rien vu venir, boum, explosion en plein vol. Brusquement, je me suis retrouvée en permanence au cinéma, avec assiettes qui volent, hurlements, grandes scènes de l'acte III partagées avec les voisins de la rue, voire de la ville. Ah, et portes qui claquent. Et ma mère qui traite mon père de monstre d'égoïsme, de phallocrate, de mât planté au milieu de son univers, de gros autocentré (c'est bon, je crois qu'on avait compris), et mon père qui sanglote sur son lit défait – j'ai tout raté, j'ai tout raté (merci pour moi, je suis ratée ?). Au début, quand la tempête s'est levée, il a été difficile de ne pas détester ma mère. Elle a ses raisons, mais elle aurait pu être moins hargneuse. En même temps, comme me l'a expliqué Trinité, experte en divorces (son père en est à son sixième – *sixième !* –, le type enchaîne les histoires foireuses, on dirait qu'il fait la collec'), personne n'est entièrement responsable lorsqu'un couple se sépare. Elle a raison. Mon père est loin d'être irréprochable. Il a oublié ma mère. Elle avait le droit d'être en colère. Lui n'a pas été foutu de la retenir.

— Doméné est un gentil garçon.

— Je vois ça.

— Mais parfois, il est un peu stupide.

— Mamie ! Toi qui ne dis jamais de mal de personne !

— Je ne dis pas de méchanceté, *pequeñita*, j'énonce un fait.

— Tu chipotes !

— Pas du tout !

Je lui pique une aubergine dans son assiette et elle est trop lente pour m'en empêcher. Elle pointe sa fourchette vers moi comme si elle s'apprêtait à me pourfendre avec, alors je réplique :

— Ne dis pas du mal de Doméné. S'il ne puait pas autant la bique, il serait parfait.

Mamie rigole encore. Voir les plis de son visage se mettre en rangs serrés parce que je raconte des bêtises fait naître des picotis de bonheur dans mes doigts de pied.

— Sers-moi de l'eau au lieu de me dépouiller.

Je m'exécute.

— Doméné a fait des études. Difficile à imaginer quand on le voit avec sa salopette cracra et sa casquette pas fraîche, hein ? Il a étudié les plantes. Il a une thèse en biologie.

— C'est préférable, quand on fait des tisanes...

— Il n'en avait pas besoin. Sa grand-mère lui a tout appris. Parce que figure-toi que les grands-mères servent parfois à quelque chose.

— Tant mieux, puisque je suis ici.

Mamie fait trembler sa gorge en buvant.

— À la fac, il est tombé amoureux de Malika, une belle femme, intelligente. Elle l'aimait aussi.

Il se destinait à cultiver des herbes et des fleurs en montagne. Elle sortait d'une école d'art, des projets et des envies plein la tête. Elle est illustratrice.

Mamie se lève et apporte les restes du clafoutis.

— Malika est douée, mais quand il s'agit de dessiner des oiseaux, alors là, on touche au sublime. Dans ses dessins ou ses croquis, même esquissés en deux-trois traits, on dirait que les oiseaux s'apprêtent à s'envoler dès qu'on aura le dos tourné. Ils sont délicats, vivants. J'ai plusieurs aquarelles dans ma chambre, je te montrerai. Bref, ils étaient amoureux, elle était nomade, elle l'a suivi avec ses pinceaux et ses couleurs.

Je commence à saisir les creux, les non-dits.

— Ils ont eu deux beaux enfants, mais le quotidien était difficile pour Malika. D'abord, elle était isolée. Elle n'avait aucune connaissance dans le coin. C'était compliqué de vendre son travail. Et puis... elle s'appelle Malika, pas Françoise. Certaines personnes sont et resteront des ploucs à vie.

— La honte...

Mamie est d'accord.

— Doméné croyait que son amour suffirait mais Malika a besoin de mouvement. C'est une fille de partage, vivante, gaie. Elle s'est éteinte petit à petit. Doméné n'a pas vu que c'était grave.

— Et puis, il y avait Rosalie, elle devait être jalouse...

Mamie me renvoie un sourire triste.

— Les enfants adorent ce chien. Ils doivent venir passer quinze jours chez leur père bientôt. Ce sera son tour de grandes vacances.

— On va voir ses enfants ?

— Oui. Ils sont très mignons.

— J'espère que cette histoire de rôdeur meurtrier sera réglée.

Mamie me regarde bizarrement alors je lâche :

— Ça ne t'inquiète pas, toi ?

— Sans plus...

Ouh, la menteuse.

13

Je passe la journée à lire *Germinal* affalée sur mon transat. Bien mieux que *Le Horla*. Plus tangible. Moins torturé.

De temps en temps, je fais des pauses. Je pense à mes parents.

Mon père a laissé partir ma mère, je le déteste pour ça. Mais il l'aimait. Il l'aime encore. Ça ne doit pas être simple. Comme pour Doméné. D'après mamie, les couples sont hérissés de crises. Certains les traversent. D'autres non. S'il existait un mode d'emploi infaillible du vivre à deux, l'humanité n'en serait pas là. Elle les a traversées, elle, ces crises. Mais elle finit seule.

Le ciel est bleu, des nuages blancs et doux glissent dessus. Je quitte la noirceur de la mine pour les observer. Ils sont tout le contraire de ma lecture et je prends conscience de la légère brise qu'ils charrient avec eux. Je m'arrête sur leurs formes folles, leur rebondi ventripotent. Je reporte mon attention sur Albert. J'ai l'impression qu'il me reluque, lui aussi. Qu'un être vivant est penché sur moi et m'étudie à la loupe, comme lorsque je mate les fourmis du potager. Albert est coriace, il ne me quitte pas des yeux, enfin, des feuilles. J'abdique et baisse le regard. J'ai perdu la battle.

J'aimerais que Rosalie soit là. Je me sentirais un poil plus rassurée. Non qu'avec son gabarit de rondin, elle puisse contrecarrer les plans d'un malade, mais elle alerterait les voisins à force d'aboyer et de grogner, bref, je suis certaine qu'elle serait efficace si jamais cette histoire de brebis et de couteau prenait forme humaine devant moi.

Je n'en ai pas plus envie que ça mais je jette un coup d'œil sur la lisière de la forêt, à la recherche d'une éventuelle silhouette à l'affût. Il n'y a personne.

Pourtant, pas loin, un type s'est approché d'un troupeau de brebis, sans bruit, a dû faire chhhht, chhhht, pour ne pas les effrayer. Il a franchi la clôture ou le muret de pierre sèche, patient, s'est coulé dans la prairie. Son pantalon devait frotter contre l'herbe haute. Il a attrapé une brebis (une jeune ? Une vieille ?), l'a peut-être caressée pour l'apaiser, qu'elle lutte moins, ou peut-être pas, peut-être qu'il lui a saisi la tête et a tiré brutalement en arrière, exposant sa gorge. Il a planté la lame de son couteau dans la laine, a crevé la peau, déchiré la chair. Le sang chaud a coulé sur ses doigts, et la brebis affolée a dû se débattre, le regarder sans comprendre, les moutons autour courir épouvantés sur leurs frêles pattes beiges. Ils ont abandonné la brebis en train de mourir dans les bras d'un inconnu. Est-ce qu'il souriait ? Pourquoi a-t-il recommencé ? Que cherche-t-il ?

Je m'oblige à replonger dans mon livre, m'immerge du mieux que je peux. J'ignore Albert qui me domine de sa formidable hauteur.

Il a recommencé trois fois, le pantalon maculé de sang maintenant, lourd de ce sang, il s'arrête, haletant, le couteau à la main, avant de grimper le pré et d'avancer vers la cabane de Doméné, les bêlements terrorisés accompagnent son ascension comme un concert funeste.

Assez !

Je dois m'y reprendre à plusieurs reprises, mais je réussis à entrer dans mon roman comme dans un abri. Zola m'emporte dans des contrées pourtant sombres.

Mamie a fait une sieste, je n'ai pas goûté.

J'ai oublié.

Le soir, mamie a préparé une soupe de courgettes. Délicieuse, évidemment. Je lui demande de cuisiner avec elle demain. Si je coupe des rondelles de carottes et ne tiens pas à perdre un doigt, je serai obligée d'avoir la tête ailleurs que dans la laine de mouton. Elle accepte de me prendre comme apprentie.

J'ai embrassé cinq types dans ma vie, dont deux en état d'ébriété avancée, et je suis restée officiellement trois semaines avec l'un d'eux. Je ne peux donc pas prétendre à une expérience solide, comme disent les CV, en matière d'histoires d'amour. Un peu d'humilité n'a jamais nui à personne. Je décide d'écrire une lettre à papa. Plus personne ne fait ça, je suis au courant. Mais justement. Ce sera peut-être plus facile de lui dire certaines choses. Et puis, il pourra la tenir dans ses mains, la garder s'il en a envie, la ranger dans son portefeuille ; il trouvera autre chose qu'une facture quand il ouvrira la boîte aux lettres. Je pique des feuilles dans le buffet de mamie et m'installe dans ma chambre, devant le secrétaire en noyer que mon père affectionne tant.

Papa,

Comment vas-tu ?

J'essaie de t'imaginer autrement qu'ivre mort allongé sur le parquet de notre appartement, mais c'est difficile.

Je froisse, je jette.

Mon papounet,

Comment vas-tu ?

Je ne te manque pas trop ?

Tu n'as pas ramené trop de pouffiasses chez nous ?

Poubelle !

Mon bouc chéri,

J'ai pas mal réfléchi depuis que je suis chez mamie, et je crois que je n'ai pas été très sympa avec toi ces derniers temps.

Je t'en veux à cause de maman. Je t'en veux parce qu'elle est partie. Parce que j'ai l'impression que tu n'as pas été capable de la retenir, et ça me fait souffrir. Mais je commence à intégrer la vérité : certaines choses m'échappent.

Je pense à toi, j'espère que tu te retrouves, comme tu dis, et que moi aussi, bientôt, je te retrouverai. Je voudrais te retrouver pour de vrai. Si tu en as le courage, ça serait chouette de venir me chercher, voire de rester un peu. Mamie a besoin de compagnie.

Gros bisous
Ta Charogne

PS : Abdel me rejoint dans une semaine. Cette lettre n'est donc pas un appel au secours déguisé. Je pense vraiment que mamie a besoin de compagnie.

PPS : serais-tu d'accord pour recueillir le chien de mamie au cas où elle en prendrait un et mourrait avant ? Oui, glauque, mais stp stp.

PPPS : pleeeaaase !

Il y a une enveloppe tachée dans un tiroir, elle fera l'affaire. Je descends, ma missive à la main. Mamie est assise dans son fauteuil en train de tricoter.

— Tu as des timbres ?

— Pour quoi faire ?

— Pour poster une lettre, figure-toi.

— Tu peux attendre demain ?

— Pourquoi ?

— Je préférerais que Doméné t'accompagne à la poste et comme vous avez rendez-vous tous les deux…

Je vérifie mon intuition :

— Y a une boîte aux lettres à trois cents mètres !

— Le facteur a déjà relevé le courrier.

OK.

Mamie cache bien son jeu mais j'ai compris. Elle ne veut pas que je me promène seule. Même à trois cents mètres de la maison.

Parce qu'en réalité, elle flippe comme une folle depuis qu'elle a appris cette histoire de brebis égorgées.

Après m'être brossé les dents et avoir enfilé mon t-shirt usé à l'effigie de Dark Vador, je poursuis ma lecture à l'abri de ma couette. J'ai encore plus de mal à me concentrer que cette après-midi. Pourtant, peu à peu, j'y parviens. Si mes potes me voyaient, couchée à 21h30, ma lampe de chevet à franges en guise de copine, j'aurais droit à des blagues sur ma déchéance sociale pendant au moins dix ans. Heureusement, Émile est là. Non que mon roman soit le summum du joyeux, mais j'explore un univers différent du mien, et sacrément ancré dans le réel, en prime.

Quand le soleil disparaît, la forêt se resserre autour de nous. Je n'ai pas besoin de me lever pour le savoir, je la *sens* se presser contre le jardin, lutter pour avancer vers la maison. Albert et ses grandes branches me hantent à intervalles réguliers mais je me force à continuer de lire. Je m'immerge, m'éloigne, je m'accroche à une autre vérité, celle qu'Émile m'a léguée à travers ses mots.

Je tiens tard. Jusqu'à plus de deux heures du matin. Au bout de deux cent cinquante-quatre pages, je m'éjecte du lit et file à la fenêtre.

Albert est sous la lune, planté au milieu du jardin, les branches vers le ciel. Aberrant de normalité. Inutile d'être parano, mon état mental est stabilisé.

Je m'apprête à ouvrir la fenêtre pour fermer les volets comme si j'étais Heidi dans la montagne, les joues rouges de bonheur avant de m'enfoncer dans un gros dodo, quand un mouvement attire mon œil.

Je colle mon front au carreau.

Soudain, j'ai l'impression qu'on m'injecte un liquide froid, il entre dans ma veine et se propage dans mon corps comme un long serpent glacé. C'est lui le truc visqueux, je le reconnais. Mes poumons ont dû rétrécir de moitié ; j'étouffe, j'ai envie de hurler, de courir me cacher mais je suis clouée sur place. Je halète presque. Cette fois, je ne suis pas en train d'halluciner : à l'orée de la forêt, au bout du jardin, un point blanc se balance.

Une lampe de poche.

Quelqu'un erre près de chez nous dans la nuit noire.

Je me précipite dans la chambre de mamie.

14

Comme si du haut de ses quatre-vingt-deux ans, ma grand-mère pouvait me protéger contre un type ayant égorgé quatre brebis au couteau de cuisine...

Personne ne saura jamais que j'ai dormi dans la chambre de mamie.

Personne.

Ça aussi, j'en fais la promesse solennelle.

J'ai débarqué avec mon pas d'hippopotame en rut et l'ai secouée. J'en ris maintenant, mais sur le coup, je n'en menais vraiment pas large.

— Vite, mamie, y a quelqu'un au fond du jardin ! j'ai couiné.

J'étais en nage, je tremblais de partout, à bout de souffle. Mamie a aussitôt ouvert les yeux, mais a mis un peu plus de temps à sortir de son lit. Elle m'a observée, la paupière molle, m'a caressé la joue et a souri.

— Qu'est-ce qui se passe, *querida* ?

— Viens voir... j'ai chuchoté en attrapant sa main.

On est allées à la fenêtre. Le halo de la lampe de poche avait disparu. Le jardin était paisible, silencieux. Mamie ne s'est pas moquée de moi.

— Tu es sûre ?

— Certaine.

— Bon, va chercher ton matelas.

Comme tous les soirs, j'avais pris la précaution de barricader la cuisine avec des palettes, mais j'étais sûre d'une chose : un homme capable d'égorger des moutons ne serait pas arrêté par des palettes. Il était cinglé, déterminé.

En deux minutes, l'affaire était réglée : j'ai apporté mon matelas, ma couette, fermé la porte *à clef* (car mamie a une clef sur la porte de sa chambre, *elle*, ne jamais désespérer), et je me suis installée tout contre son lit en merisier. Elle m'a montré les aquarelles de Malika. J'ai pu admirer leur délicatesse, ainsi que la chemise de nuit en dentelle de mamie. Elle avait l'air de sortir d'un vieux film en noir et blanc, il ne lui manquait que le bonnet à pompon. J'avoue, être éblouie par les douces peintures de Malika m'a calmée. Alors mamie est retournée se coucher aussi sec. En fait, elle s'inquiète que je vadrouille seule, mais elle est persuadée que tant que nous sommes dans la maison, rien ne peut nous arriver, grâce à un chêne.

Un chêne.

Au secours.

J'ai serré la couette autour de ma tête. Au pire, si quelqu'un fracassait une fenêtre en bas et entrait, il fallait désormais défoncer la porte pour parvenir jusqu'à nous. J'ai eu un doute : était-ce suffisant ? J'ai vu *Shining*, et Jack Nicholson qui déboule dans la salle de bains avec sa hache. Il entre facile, le gars. Quand le souffle de mamie s'est alourdi, je me suis relevée et j'ai poussé la commode contre la porte le plus doucement possible. Je prenais grand soin d'écouter la respiration de ma grand-mère et j'y traquais le moindre changement. Je n'avais aucune envie de négocier ma barricade (« Fais confiance à Albert, *cielo*... »). Il m'a fallu vingt bonnes minutes avant d'arriver à mes fins, mais mamie a continué à ronfler tranquillement. Ensuite, j'ai ajouté les deux chaises qui constituaient l'ameublement de sa chambre, et je l'ai imitée : je me suis roulée en boule pour chercher le sommeil.

Je n'ai trouvé que des idées mortifères. Qui longeait la lisière de la forêt à plus de deux heures du matin ? *En pleine montagne ?* Bien sûr, il pouvait s'agir d'un scientifique à la recherche de chauve-souris ou d'engoulevents, d'un randonneur perdu. Ou mieux, de gendarmes surmotivés talonnant enfin le psychopathe des brebis. Allez savoir pourquoi, ces théories ne me satisfaisaient pas. Les montagnards ont un rythme de vie sobre, régulier. Ils se couchent tôt, se lèvent tôt. Les gendarmes roupillent aussi.

En réalité, cette torche blanche n'avait qu'une explication : le rôdeur au couteau. Il paraît que certains terroristes s'entraînent d'abord sur des animaux. Si tu peux égorger une brebis avec tes petites mimines, si tu arrives à ne pas t'évanouir, que tu donnes la mort à un être vivant dont le sang chaud coulera sur tes mains salies, alors, ensuite, c'est le toboggan jusqu'à l'humain. Zou, tu glisses tout schuss.

Et on voudrait que je reste cool.

J'ai guetté le moindre son pendant des heures, persuadée d'entendre l'escalier craquer. Plusieurs fois, je me suis redressée sur mon matelas, retenant ma respiration pour vérifier qu'aucun pas ne dérangeait la maison. J'ai maudit la famille de souris qui me faisait sursauter à intervalles réguliers. Et je ne parle pas de mes rêves, éclaboussés de sang, hantés par des mains souillées, des cris déchirants. Albert poignardait mamie avec un sécateur, il la découpait en morceaux et la pendait à une de ses branches à côté des quatre brebis. L'une d'elles était morte, et pourtant, bêlait faiblement. Je ne comprenais pas pourquoi elle bêlait en étant morte, je voulais la délivrer mais ne parvenais pas à grimper sur Albert, mes pieds glissaient sur son écorce, il était inatteignable. Papa pleurait, rampait, et tombait terrassé par une crise cardiaque. J'allais vivre avec Pierre-doudou. Je découvrais qu'il avait... un cœur de pierre, au sens littéral du terme, car il l'ôtait de sa poitrine pour l'exhiber avec fierté, et me disait d'une voix de dessin animé suraiguë : « Regarde mon cœur de pierre, si tu es méchante, je fracasserai ta tête de linotte avec, ta petite tête de linotte inconséquente, je la réduirai en bouillie ! » C'était lui, l'homme à la torche, Albert n'avait rien compris, moi non plus, et maintenant, il était trop tard, tout le monde était mort et maman serait malheureuse pour toujours.

La nuit de l'horreur en direct de mon cerveau.

Lorsque je rouvre un œil bouffi, mamie n'est plus dans son lit et a réussi à bouger les meubles. Elle a dû faire un boucan pas possible pour sortir de la chambre, mais vu que j'étais aux prises avec mes cauchemars à base de ketchup et d'intestins putrides, j'ai continué à écraser, histoire de profiter jusqu'au bout du panorama. Merci pour ce moment.

On est vivantes. Aucun psychopathe n'a eu notre peau cette nuit. La journée commence bien. Comme quoi, le bonheur est très relatif.

— Le couteau que Sol a trouvé est bien celui qui a tué les brebis, explique Doméné quand j'entre dans la cuisine.

Franchement, il devrait dormir ici puisqu'il est là au réveil. Rosalie aussi, pendant qu'on y est. Elle me fait la fête, au moins une qui a l'air joviale. À l'évocation du tueur de brebis, mamie me lance une œillade mais ne pipe mot.

— Les gendarmes sont à la recherche de l'assassin ?

La phrase la plus nulle du monde. Ça ira mieux quand j'aurai bu mon café. Mamie doit le comprendre car elle m'en sert une pleine tasse.

— Tu te rappelles qu'il est...

— ... brûlant, moui.

Doméné lance un sucre dans le sien et touille avec sa cuillère.

— Ils patrouillent sans conviction. Des braqueurs en cavale ont été signalés à Biarritz, ils sont plutôt concentrés sur ce problème-là.

— Ils ne peuvent pas être ici, ces braqueurs ? je tente.

— Ah, *guapa*, pourquoi des braqueurs iraient égorger les brebis de Jean ? Ils resteraient bien cachés et sortiraient du bois quand on les aurait oubliés !

— Tu as raison, je maugrée.

— Jean a bien une hypothèse mais...

Mamie et moi nous penchons vers Doméné.

— Elvira, tu te souviens de Claude ? Le frère de Jean qui a disparu un beau matin comme par enchantement ?

— Le grand type tout mince ? Qui travaillait à l'abattoir ?

— Lui.

— Qui piégeait des lapins et clouait des chouettes sur la porte de sa chambre ?

Mon café a un sale goût.

— Claude, acquiesce Doméné avec un sourire navré.

— Eh bien ?

— Jean pense qu'il est de retour.

Une mouche vole dans le silence de la cuisine et Rosalie la suit des yeux, toute langue dehors.

— Il en est sûr ? Il a des preuves ?

— Aucune. Mais il avait perdu sa trace et l'a retrouvée la semaine dernière.

— Et ? on demande en chœur, mamie et moi.

Doméné avale une gorgée de café.

— Il a été interné en Allemagne.

Je n'ai pas grand-chose à répondre à ça ; mamie non plus. Je croque sans conviction dans un croissant. Doméné a dû les apporter. Quel crème, ce biquounet.

— Il a quitté l'hôpital il y a un mois sans un sou en poche.

— Et maintenant, il est où ? je demande d'une petite voix.

— Personne ne le sait.

— Oh putain.

Mamie ne réagit pas à ma grossièreté. Doméné termine son café et se lève.

— Je vais chercher le verrou.

Je reste en tête-à-tête avec mamie.

Au bout de dix longues secondes pendant lesquelles le tic-tac de l'horloge me fait penser à des coups de fusil, j'ai droit à un :

— Ne t'inquiète pas, on ne craint rien.

Je sèche la case douche, me passe un coup d'eau sur la figure, me brosse les dents, enfile un short et un t-shirt jaune pour être assortie aux fleurs, prends la lettre pour papa, traverse le potager qui s'en donne à cœur joie (cette avalanche de framboises ! Qu'est-ce qu'on attend pour les cueillir ?), et rejoins Doméné dans son van. J'attrape la poignée de porte et me ravise.

— Pardon, encore deux secondes steuplé !

Je cours à la maison et retrouve mamie dans l'arrière-cuisine. Elle étudie son nouveau verrou. Je le ferme ostensiblement devant elle.

À double tour.

— Je vais cueillir des machins de tisane, mais pendant ce temps-là, tu me promets de ne pas faire n'importe quoi, OK ?

À ma grande surprise, elle dit oui et m'embrasse.

— On ne part que quelques heures. Fais donc du tricot, bien enfermée au frais, et ensuite, je serai ton esclave de cuisine et de potager.

— Ouh, ça me plaît bien !

Je repars.

15

Aussitôt qu'on a démarré, Rosalie se faufile au-dessus du frein à main et atterrit sur mes genoux. Doméné ouvre la bouche pour la rabrouer mais je lui lance un sourire. Je la laisse sur mon siège pendant que je vais poster mon enveloppe, et remonte illico, direction la cabane maudite. Rosalie se réinstalle.

Il va faire chaud. Le van à la bique n'est pas climatisé, les fenêtres sont grandes ouvertes. L'air est déjà consistant et la route goudronnée exhale des bouffées caniculaires. Je ne peux m'empêcher de penser que tout près, Claude est blotti dans un buisson. Que voit-il ? Comment perçoit-il le ciel ? Son monde est-il plus noir, plus menaçant ? Après les brebis de son frère, envisage-t-il de s'attaquer à des humains ? Il faut que je me sorte Claude du crâne.

— J'ai vu les dessins de Malika.

Pourquoi cette phrase a-t-elle franchi la barrière de mes dents ?

Doméné quitte la route des yeux une demi-seconde. Vite, casser le mur de glace qui a jailli entre nous façon *Winter is coming* !

— Franchement, je suis impressionnée.

Par ma connerie, oui !

— D'après Jean, Claude agit par jalousie : son grand frère a hérité de la ferme familiale, s'est marié, a eu trois enfants qui l'aident. Ensemble, ils ont converti l'exploitation en bio. Jean a passé un CAP d'ébéniste il y a plus de trente ans, et maintenant qu'il a du temps libre, il s'adonne à sa passion et fabrique des meubles. En prime, il a vendu ses terres difficiles à des Anglais sympathiques. Tout roule.

Bien esquivé. Reçu cinq sur cinq, mettons le sujet Malika de côté pour l'instant.

Tant pis pour mes angoisses de mort.

— Alors que Claude, lui, est malheureux et n'a rien ?

— Voilà.

— Si tous les gens dans le besoin se mettaient à égorger des brebis, ça se saurait.

Rosalie avale bruyamment sa salive, en constelle mon t-shirt et l'accoudoir. Je reprends le mouchoir de la dernière fois et nettoie. Doméné approuve, pensif. On prend un virage serré. Des vaches rousses nous regardent passer de leurs doux yeux bordés de longs cils. Je hais les abrutis qui parlent de « regard bovin ». Y a rien de plus beau qu'un œil de vache. Si vous ne me croyez pas, regardez de plus près la prochaine fois que vous en croiserez une.

Claude tuerait-il une vache ?

— J'étais à l'école avec lui.

— Avec Claude ?

— Oui. On disait qu'il était né de mauvais poil. Toujours agressif, arrachant les pattes des araignées, les ailes des cousins, frappant les filles, même celles qui étaient amoureuses de lui.

— Il y en avait ?

Une sorte de guêpe à rayures entre par ma fenêtre et ressort par celle de Doméné, ni vu ni connu. Les montagnes sont un éblouissant camaïeu de vert.

— Oui. Olga lui vouait un culte. Elle le suivait partout, il la rouait de coups.

— Il a été maltraité par ses parents ou quoi ?

— Pas à ma connaissance. Leur mère était une femme plutôt calme et pas plus négligente qu'une autre. Pas bavarde. Une famille de taiseux. Leur père était plus brut de décoffrage, il est mort quand on avait la quinzaine.

Doméné s'engage sur le chemin cahoteux et d'une main, j'attrape la poignée pour ne pas me cogner. De l'autre, je tiens Rosalie, ballottée sur mes genoux, elle en profite pour me lécher les bras, très appliquée malgré les secousses.

— Jean a toujours essayé d'intégrer son frère. Je ne l'ai jamais vu être méchant avec lui. C'est un mystère, ce Claude.

Après un moment, Doméné reprend :

— Le seul truc que personne n'arrivait à empêcher, c'était que les mômes se moquent de ses mains.

— Ses mains ?

— Oui. Il est de taille moyenne, costaud, mais il a des mains de bébé. De minuscules mains potelées inoffensives. On dirait qu'elles ont été prélevées sur quelqu'un et greffées sur son corps par un médecin sous substances illicites. Il s'est fait charrier un nombre incalculable de fois.

— Tu crois qu'on peut virer psychopathe parce qu'on a des mains bizarres ?

Doméné n'en sait fichtre rien.

Le van à la bique traverse le bois et atteint la cabane. Parangon de suspicion, je plisse les yeux pour étudier les alentours. Doméné serre son frein à main. Je remarque alors la batte coincée contre sa portière. Il suit mon regard.

— On n'est jamais trop prudent... marmonne-t-il.

Toi aussi, fais-toi trucider pendant tes vacances.

Un vent de braise souffle sur nous. Les corolles des fleurs multicolores s'agitent comme pour protester. Le parfum des tiges coupées sature mes narines. Courbée en deux, j'essaie d'intégrer ce que m'explique Doméné, cueille là où il me montre. L'hysope officinale, avec ses épis de clochettes bleu-violet et délicates, appartient à la famille des lamiacées. De loin, un ignare pourrait la confondre avec de la lavande (sans déconner ?). Elle soigne plein de trucs que j'ai oubliés mais doit se consommer avec modération, car elle peut être toxique à haute dose. La mort par fleurs, on aura tout vu.

Je m'applique. Je veux oublier Claude. Je ne l'ai jamais vu mais je l'imagine très bien. Dans ma tête, il fait peur.

Au bout d'une heure, je me rends compte que mon cuir chevelu est en feu : j'ai oublié la casquette de papi. Doméné ordonne à Rosalie de veiller sur moi et court en chercher une dans la cabane. Quand il disparaît au coin des arbres, je me transforme illico en chevreuil sentant confusément le métal froid d'un fusil braqué sur lui, sans savoir où avec certitude.

La batte est posée par terre, près de moi. C'est déjà ça. Je soupèse le machin. Hyper lourd. Si je devais m'en servir, je serais capable de m'assommer moi-même ou de m'écraser un orteil façon Lully. La mort par gangrène, c'est pas mal non plus.

De longues minutes passent, Doméné n'est toujours pas revenu. Je tiens Rosalie par son collier, j'ai trop peur qu'elle se carapate. Ma tête est en surchauffe. Qu'est-ce qu'il fabrique ? Je me décide à aller vérifier qu'il ne lui est rien arrivé quand sa silhouette se découpe enfin sur les arbres et agite la casquette. Je lâche Rosalie qui part en dérapage contrôlé.

— J'ai apporté du sirop de sureau !

Il a raison : boire un coup ne me fera pas de mal. Si je continue, je vais finir anéantie par une insolation. Pas de chance pour Claude : le soleil m'aura estourbie avant lui.

Il faut surtout que je me calme.

J'avale le sirop d'une traite et remercie Doméné. Je suis revigorée et mon crâne a cessé de surchauffer. Sa casquette est immondissime, d'un vert bouteille usé par le soleil, avec un logo jaune de magasin non identifié, mais ça m'est égal. Je suis en train de devenir Bouddha, ce qui n'est pas une mince affaire étant donné le contexte niveau DEFCON 1 de psychotique en cavale. Disons que je suis en train de devenir un Bouddha de la garde-robe, c'est plus juste.

On continue à couper des tiges.

Mon père devrait essayer. J'espère qu'il va vite recevoir ma lettre et venir sur-le-champ. Les Pyrénées avec sa mère et sa fille, c'est moins sexy que la Sicile en amoureux, mais c'est mieux que ramper chez soi en braillant sur le passé et en tapissant le parquet de morve de désespoir. Je suis sûre que c'est ce qu'il fait. J'en suis là de mes pensées quand un terrible cri me crève les tympans.

Un cri atroce.

Le temps que je comprenne ce qui se passe, Doméné a déjà attrapé sa batte et court droit vers le bois en hurlant : « NE LA TOUCHE PAS, CONNARD, SINON JE TE TUE ! »

Il n'a rien pu voir, on était tous les deux penchés sur les fleurs, la montagne me renvoie l'écho de sa colère, je lui emboîte le pas à fond de train, poings serrés, et ma respiration prend toute la place.

Mais je n'ai aucun doute sur la provenance de ce cri.

C'est Rosalie.

Et ses jappements terrorisés me font déjà pleurer.

16

Je cours vite, tendue, portée par les couinements de souffrance de Rosalie. Lorsque j'arrive, Doméné est agenouillé, il a eu le temps d'enlever son t-shirt et de fabriquer un bandage de fortune sur la tête de Rosalie. Le t-shirt est écarlate. Rosalie, elle, geint, agite ses petites pattes, il y a du sang partout, elle halète et ses yeux noirs affolés redoublent mes larmes. Doméné reste concentré. Il la ramasse avec délicatesse et me lance un :

— Prends la batte et l'oreille, vite !

Je reste une seconde interdite, incapable de comprendre sa phrase. Puis j'avise au milieu du sang un morceau marronnasse. L'oreille de Rosalie.

Je me baisse. Je traîne la batte et trotte derrière Doméné en gardant le bout encore chaud dans ma main rougie.

Doméné conduit comme un détraqué. Je tiens Rosalie contre moi. Je lui parle, je lui dis que ça va aller, le méchant est parti et c'est tant mieux parce que Doméné aurait été capable de le tuer. Il devait être tout près, il nous a peut-être vus emporter Rosalie. Il ne l'a pas égorgée.

— Elle a dû se débattre, murmure Doméné et je ne sais pas s'il s'adresse à moi. Mordre ou grogner. Un chien n'est pas une brebis.

Rosalie gémit, me lance des œillades d'agonie, des regards implorants dans lesquels je lis des questions sans réponse. J'essaie de ne pas lui faire mal.

— On va chez le vétérinaire, c'est un peu loin mais il va bien s'occuper de toi et tu seras bientôt guérie.

Je parle à Rosalie comme si elle me comprenait et je crois que c'est le cas. Je caresse son dos en chantonnant, je n'ai même pas honte. L'oreille est dans un mouchoir posé sur le tableau de bord. Le rouge s'étend peu à peu sur le tissu à motifs et durcit en croûte foncée.

Le van passe en trombe devant chez mamie.

— Pas le temps de s'arrêter. Les enfants vont être dans tous leurs états...

J'ai gardé la casquette. Je m'en fous.

Je me fous de tout, je ne veux qu'une chose, c'est que Rosalie cesse de me dévisager avec ses yeux de douleur.

Doméné klaxonne comme un fou sur le parking, stoppe le van devant la porte du véto, court m'ouvrir et se précipite à l'intérieur. J'étreins Rosalie et sprinte à mon tour. Au moment où j'entre, une infirmière surgit d'une arrière-salle, le vétérinaire bondit hors de son cabinet. Ils me prennent Rosalie, embarquent le mouchoir, disparaissent.

Je reste plantée debout, bras ballants, sans savoir quoi faire. Je recommence à pleurer. Des gens patientent avec hamster, chien ou chat. Je suis le point de mire de toutes les conjectures. Doméné aussi, toujours torse nu sous les néons blafards de la salle d'attente. Il me tapote maladroitement l'épaule.

— C'est bon maintenant, ça va aller... Viens, on va prendre l'air.

Il m'entraîne dehors. Je suis submergée, je ne peux plus m'arrêter de pleurer.

Bien sûr, il y a la violence du geste, le sang, le contexte horrible des brebis qui n'en ont pas réchappé. L'innocence de Rosalie qui jappait de bonheur et puis...

Je connais Rosalie depuis quelques jours et j'aime déjà cette petite saucisse de la joie. Je l'aime tellement que je trouverais le monde un peu délavé si elle n'y courait pas en essayant d'attraper sa queue pour faire le donut.

Mamie a perdu l'amour de sa vie. Puis son chien. Elle habite un monde vidé de la majorité des vivants qu'elle aimait, vivants qui créaient du mouvement, de la gaieté, des tourbillons autour d'elle. J'essaie d'expliquer la chose à Doméné, dont les yeux rougissent sur le parking qui pue le bitume chaud. On monte dans le van à la bique et il le gare plus loin. On reste assis en plein cagnard. Mes cuisses cuisent sous le pare-brise et collent au siège. Doméné attrape une chemise derrière, se rhabille en se tortillant.

— Ta grand-mère a perdu son mari. Elle a perdu sa moitié. Je n'arrive pas à imaginer l'enfer. Elle sait aussi qu'elle a eu beaucoup de chance : soixante ans de bonheur et de vie commune n'est pas donné à tout le monde.

— C'est clair... je renifle.

Doméné appuie son coude à la fenêtre ouverte. Il est tourné vers l'extérieur.

— C'est Malika qui m'a offert Rosalie, il y a trois ans. Elle voulait que j'aie de la compagnie quand j'allais travailler là-haut.

Doméné se gratte la tête.

— Elle m'a surtout offert deux beaux enfants. Et puis, elle les a emmenés avec elle.

— Ils arrivent bientôt, non ?

Je voudrais avoir des talents de comédienne pour faire croire que je gère. L'univers ne m'a pas accordé ce don. Ma voix sonne creux comme une rafale de vent. Doméné fait oui. Il n'a pas la force de parler. Nous restons un long moment à ruminer chacun nos pensées teintées de noir, de deuil, de chemins perdus et d'espoirs déçus. Après un temps infini, une heure, peut-être plus, sans nous concerter, nous réintégrons le monde réel et descendons du van surchauffé pour aller aux nouvelles.

Les vétérinaires n'ont pas l'équipement nécessaire pour rendre son oreille à Rosalie. Aucune microchirurgie possible. Ils ont donc soigné la plaie. Rosalie aura un morceau d'oreille en moins *ad vitam*. Mais lorsque sa blessure aura cicatrisé, il n'en paraîtra presque rien, trois centimètres en moins, une broutille. Je m'assois sur une chaise en plastique de la salle d'attente pendant que Doméné disparaît à la suite d'un vétérinaire. Il revient vite, Rosalie est shootée, dans le gaz, inutile de poireauter. Doméné passera la papouiller ce soir.

Le van à la bique sent désormais l'hémoglobine. On dirait qu'il a été ventousé de l'intérieur : on lui a pris son âme. Je le dis à Doméné. Il acquiesce. Le moteur fait un raffut pas possible. L'air dans mes cheveux n'emporte rien. J'ai le manque de Rosalie chevillé au cœur.

— Il faut trouver ce malade. Ça va mal finir, bougonne Doméné. Je te dépose et je retourne à la gendarmerie.

Je me lance :

— Quelqu'un est passé à la lisière du jardin cette nuit. J'ai vu une lampe de poche.

Doméné fait un écart et manque de nous emplafonner dans un platane. Il se ressaisit et déploie sa colère en un bouquet de gros mots plus abominables les uns que les autres. Sa guirlande ordurière me fait un bien fou.

— Pourquoi Claude traînerait-il près de chez mamie ? je murmure comme s'il était planqué sous le capot. Il y a un certain nombre d'habitants au village. Tu crois qu'il sait qu'elle est seule ?

Doméné gratte sa barbe de trois jours.

— Je ne pense pas...

Je n'aime pas son air de choisir ses mots comme s'ils contenaient du TNT.

— ... mais Jean et ton grand-père étaient très proches. Quand Jean, déjà adulte, a voulu passer son CAP, tes grands-parents l'ont beaucoup soutenu. Il a bricolé des heures avec ton grand-père. C'est ton papi qui lui a appris les rudiments du métier. Il le faisait réviser, l'encourageait. Je crois...

Doméné frise le désagréable quand il est si précautionneux.

— Tu crois quoi ?

— Je crois qu'il était une sorte de père de substitution pour Jean.

De mieux en mieux.

— Mais pas un père de remplacement pour Claude, j'ajoute.

L'homme au van mordille sa lèvre.

— Non. Ton grand-père a toujours gardé ses distances avec lui.

Un affreux besoin de rogner quelque chose me prend, moi aussi. Je me jette sur mes ongles. Doméné pousse un gros soupir.

— Claude a un cerveau étrange. Personne ne sait comment il voit les gens, leurs liens. Mais s'il se sent abandonné, rejeté, malmené...

— ... il peut s'en prendre à n'importe qui de sympa avec son frère, et de moins sympa avec lui, je termine.

Eh ben. Me voilà rassurée.

— Heureusement que j'ai installé le verrou ce matin, marmotte Doméné. On va aller jeter un coup d'œil au jardin.

Enfin une réaction sensée.

17

Je rame à endiguer les mauvaises pensées qui m'assaillent à l'approche de chez mamie. Je dois souquer ferme sur le torrent de mon imagination pour ne pas succomber aux tableaux dignes de Goya qui envahissent la place (Goya, le type qui a peint *Saturne dévorant un de ses enfants,* autant dire un joyeux drille). Mais le taré au couteau ne peut pas avoir coupé l'oreille de Rosalie *et* en même temps poignardé mamie. Les dérangés de la soupape n'ont pas le don d'ubiquité, que je sache ! Je suis tout de même soulagée quand j'aperçois son grand chapeau de paille surplombant les courgettes. Mamie s'appuie sur un bâton pour se redresser.

— Alors ? C'était bien ?

— Et si tu nous offrais un thé glacé ? Je suis sûr que tu en as préparé... dit Doméné.

Mamie se marre.

— Il est prêt, bien sûr.

Doméné, plein de tact.

Quand elle apprend ce qui nous est arrivé, mamie pâlit. Doméné lui a annoncé la chose avec mille précautions, et a aussitôt précisé que Rosalie irait bien.

Mais il enchaîne tout de go :

— Sol a vu une lumière dans la forêt, cette nuit. J'aimerais aller examiner les parages.

Ce disant, il se lève. Mamie nous accompagne. Elle est dans l'action, elle cogite moins. Doméné est fort.

Ma grand-mère est toute petite au milieu de son immense jardin. Une fleur parmi les fleurs, fragile et rabougrie, penchée sur la prairie. Elle frotte sa main contre le tronc rugueux d'Albert et marmonne un « bonjour, vieux frère » qui sonne étrangement dans sa bouche.

Cet arbre me saoule.

Nous nous calons sur le rythme de marche de mamie. Notre lenteur m'oppresse. La lisière se rapproche à pas prudents, un chat tapi sur le sol qui ralentit chacun de ses mouvements, comme si le monde avait appuyé sur la touche pause, avant de se ramasser et de bondir d'un coup pour étriper sa victime.

Qui sera la prochaine ?

Le soleil est bas sur l'horizon. La journée a filé à toute vitesse, je n'ai pas vu le monde tourner. Nous arrivons enfin à l'orée de la forêt. Doméné se baisse et ouvre le chemin sous les arbres. Il a pris une grosse torche, mais malgré la pénombre, nous n'en avons pas besoin. Partout, des traces de godillots couvrent le sol.

Les mêmes semelles qu'à la cabane.

Bien, bien, bien...

On rentre terminer notre thé glacé.

Doméné rompt le silence le premier.

— Vous voulez que je dorme ici ?

Avant que j'aie pu répondre ouiiiiiiiiii, mamie a clos le sujet :

— Non, c'est gentil, mais tes enfants arrivent bientôt, j'imagine que tu as mille choses à préparer. On a le verrou. Ne t'inquiète pas.

Doméné me lance une œillade signifiante, amorce une deuxième tentative :

— Ça ne me dérange pas, Elvira.

Mamie lui sourit.

— Tout va bien, Doméné, je t'assure.

Doméné s'en va à la gendarmerie. Sitôt qu'il a redémarré son van à la bique, je fonce sur ma grand-mère, qui fait mine de reprendre sa binette dans son potager. Je rapplique à toute berzingue.

— Je ne te comprends pas, mamie, je ne te comprends pas !

Je me passe la main dans les cheveux pour faire quelque chose, gagner du temps, mais la vague monte.

— Un cinglé traîne dans le coin, cette nuit, il était au fond du jardin, et toi, tu rembarres Doméné ?

Les vannes sont ouvertes.

— Tu crois que si ce mec se ramène ici, je vais lui faire trois prises de karaté et lui dévisser les vertèbres en claquant des doigts ? Ou tu vas le faire, toi, peut-être ? Mamie, ça craint, là, ÇA CRAINT !

Je suis d'autant plus enragée qu'elle a l'air à peine embêtée. Elle s'assoit sur le banc devant la maison, avec vue sur le potager où rien ne bouge.

— Tu as été choquée, *cariño*, c'est normal. Rosalie est mignonne, elle ne mérite pas ça. J'entends ton inquiétude.

Je marche de long en large pour me calmer, inspire un grand coup.

— Mais je te l'ai dit et te le redis, poursuit mamie, tant que nous sommes à la maison, tout va bien.

Nan mais c'est pas possible, hein.

— À cause de ton pote Albert ?!

Mamie fait oui.

— Putain, mais c'est un arbre ! UN ARBRE !

— C'est notre gardien, j'ai confiance en lui et...

Je suis incapable d'écouter son galimatias plus longtemps. Si je reste, je risque de faire une connerie, comme massacrer les framboises ou ravager les rangées de rhubarbe, ou lui hurler au visage qu'elle yoyotte total du chapeau et qu'elle est bonne pour l'hospice.

Je monte donc quatre à quatre les marches de l'escalier, ramasse mes affaires dans sa chambre, les traîne dans le couloir en vitupérant dans ma barbe invisible, je balance le tout sur mon sommier, claque la porte, et me jette sur mon lit pour mordre l'édredon.

18

Je reste dans ma chambre. Mamie m'appelle pour dîner mais je ne descends pas. Quand j'étais petite, mon père appelait ça « faire boudi-boudin ». Eh ben ouais, je fais boudi-boudin. Et puis merde.

Mamie va se coucher. Chez nous, les têtes de mule se ramassent à la pelle, et je soupçonne mamie d'être la première de la lignée. Elle ne toque donc pas à ma porte, ne fait aucun commentaire pacifiant ou désobligeant. Elle passe à la salle de bains et ferme sa chambre.

Ouais, c'est ça.

J'attends quarante-cinq minutes pendant lesquelles je monte sur mes grands chevaux, yeehaaa, au galop, je m'énerve, m'agace, je chouine à base de « je devrais rentrer », « je vais mourir à Castet », « mamie causera ma mort », etc.

Et je finis par me maîtriser.

Abdel arrive dans quelques jours. Peut-être même que papa viendra. D'ici là, le brebis-killer aura probablement été arrêté. Sinon, on sera trois voire quatre dans la maison. Et la moyenne d'âge aura considérablement diminué.

Quand je suis certaine que mamie dort, je sors de mon antre. C'est bien beau de faire boudi-boudin, mais je crève de faim. Je descends, fouine dans le frigo, trouve des saladiers pleins, me gave dans le silence. Au milieu d'une bouchée, j'entends du bruit derrière et les poils de mes avant-bras se hérissent. Je me faufile jusqu'à l'arrière-cuisine et manque de m'affaler par terre de soulagement quand je constate que le verrou est fermé. Peut-être que mamie n'est pas si vilaine, après tout. Ou alors Doméné l'a fermé en partant et mamie n'a pas vérifié. Je crains que cette dernière option ne soit la bonne.

Est-ce mon imagination ? Je crois distinguer une lumière balbutiante au fond du jardin.

C'est pas vrai, c'est pas vrai.

Cette fois, on est fichues. Si c'est Claude, il ne rôde pas pour le plaisir, il va passer à l'action. Je me baisse, regarde mieux par la fenêtre. Rien. Tout est noir dans la forêt. Je ne sais plus quoi penser, mais je n'attendrai pas sans broncher.

Je ne serai pas une brebis.

Je commence à pleurer, je suis épuisée, j'observe encore le jardin, ne distingue rien à part une masse sombre à travers mes larmes, je suis à la limite de me faire pipi dessus, je plonge dans le fourbi et retourne les objets qui me tombent sous la main, parviens à exhumer la canne que je cherche, repérée lors de ma quête de la clef perdue. Elle est antédiluvienne, mais elle est d'un bloc. Je l'extrais du bazar et lance un dernier coup d'œil à la fenêtre avant de courir à la cuisine. Hors de question de sortir pour construire mon arme dans l'atelier de papi. Je vous rappelle qu'il est en plein Mordor, pardon, dans le jardin. J'inspecte les tiroirs, débusque un rouleau de ficelle costaude au fin fond de l'un d'eux. Je choisis avec soin mon couteau, large et trapu. Puis je m'enferme dans ma chambre avec la sensation ridicule mais vraie d'y être un peu plus à l'abri qu'au rez-de-chaussée.

Assise sur mon lit, j'entreprends de ligoter le couteau à l'extrémité de la canne.

Pourvu que mamie n'ait pas une insomnie et ne me trouve pas en train de m'inventer une baïonnette de fortune sans fusil, un couteau de sa cuisine en guise de poignard... Je suis désespérée, OK ? J'ai besoin de faire quelque chose pour ne pas être prise au dépourvu, *si jamais.*

Je ne veux pas du *si jamais.* Je veux rentrer chez moi, voilà. Mais je ne peux pas laisser mamie-tête-de-pioche seule et vulnérable. Je galère, mes mains moites glissent, mon cœur bat si fort qu'il m'empêche d'avoir des gestes précis, le couteau ne tient pas, je peste, le truc tombe et manque de m'entailler l'artère fémorale. Ça ferait propre, tiens : « En vacances chez sa grand-mère, une jeune femme se tue en essayant de ficeler un couteau sur une vieille canne en bois. » Je recommence vingt fois, utilise la moitié du rouleau de ficelle, y arrive enfin. Cool. Si *un méchant* se pointe, je l'empale avec ma canne-couteau. J'aime ce petit côté Vlad.

J'éteins les lumières. Comme d'habitude, je n'ai pas fermé les volets. Je tire la chaise jusqu'à ma fenêtre et m'y installe. Je ne me laisserai pas piéger par Claude. Je resterai éveillée toute la nuit, la vigie de Castet.

S'il entre, eh bien... on verra, mais au moins, j'aurai de quoi me défendre. *Je ne veux pas me défendre !* Je respire, yeux clos. Il y a le verrou. Un homicide, ce n'est pas rien. *On-se-calme.*

Le ciel qui chapeaute les arbres est sublime. Les étoiles y scintillent et l'ombre des montagnes est une présence immense, immémoriale. Sur leurs pentes, des dizaines d'animaux sauvages fuient, chassent, se tuent, se reproduisent, nourrissent leurs petits et trottent entre les fougères. Le troupeau de brebis se serre dans l'obscurité, les narines saturées de l'odeur de l'herbe et des fleurs. Rosalie doit être réveillée, seule dans sa cage, entourée de chiens et de chats qu'elle ne connaît pas, avec cette étrange douleur dans son oreille. Ma mère est dans les bras de Pierre et *je ne veux pas imaginer ce qu'ils font.* Mon père dort-il ? Cuve-t-il ? Refait-il le film de sa vie, gonflé de regrets, en essayant de comprendre à quel moment il a pris le mauvais embranchement ?

Abdel rêve de fermes perdues dans les collines, de guirlandes de fraises, de Julie qui n'a pas voulu de lui. Trin' à ses vacances avortées, au corps de la belle gosse qu'elle aurait aimé rencontrer cet été, à son groupe de musique qui a décroché trois dates de concert à la rentrée. Suzanne à son nouvel amoureux, aux coléoptères et autres trucs en « ère » qu'elle croisera peut-être pendant les vacances (elle prépare un voyage dans un parc naturel depuis quatre mois, elle veut devenir entomologiste). Ils sont tous sous ce ciel.

Ma canne posée à mes pieds m'effraie. Je ne suis pas sûre de savoir m'en servir. Je suis gelée. Je n'aime pas tourner les yeux vers le jardin parce que j'ai peur de ce que je pourrais y découvrir.

Je me lève, attrape ma couette, m'emmitoufle dedans, et retourne m'asseoir. Je suis bien obligée de regarder. Albert est à sa place. Il n'y a pas de vent, ses feuilles sont immobiles. Il n'a pas l'air au taquet.

Pourquoi mamie s'accroche-t-elle à l'idée saugrenue qu'il veille sur la maison ?

Brusquement, j'ai un éclair. Pas de génie, n'exagérons rien, mais une idée pas mal. Qui expliquerait tout.

J'imagine mes grands-parents dans ce jardin, il y a des années. Les arbres de la forêt étaient déjà là, bien sûr, compacts, fiers. Peut-être mamie et papi étaient-ils assis dans une nuit comme celle-ci, trouée d'étoiles, sur leurs transats aujourd'hui à moitié moisis. Ils se tenaient la main, des mains à peine déformées par les premiers assauts de l'arthrose. Ils se parlaient à voix basse. De leur vie, de leurs enfants partis, de leurs souvenirs, de leur avenir en entonnoir. Ils décidaient de passer leur vieillesse à la montagne. De s'épauler jusqu'au bout, de mourir dans cette maison qui a une âme, au milieu du vent et des sommets. Dans les bras du sauvage. Albert était le témoin muet de leur pacte. Ils le nommaient Gardien de leurs rêves. De leur vieillesse. De leur amour. Mamie ne peut pas penser autrement, alors. Elle n'est pas sénile, elle ne peut pas, *ne veut pas* rompre le pacte. Papi est mort. Bobby est mort. Albert appartient à leur passé. Croire aussi fort en lui est un moyen de rester avec papi, tout simplement.

Oui, mon idée tient la route.

Je n'ai plus envie de faire boudi-boudin.

19

Ai-je besoin de préciser que Doméné est dans la cuisine quand j'y entre ? J'ai du mal à tenir debout tellement mon dos est en morceaux. C'est la première et dernière fois de ma vie que je veille une nuit entière sur un jardin avec une canne-couteau.

Je le jure.

Je suis restée assise sur la paille défraîchie de ma chaise pendant des heures. J'avais mal aux fesses, je piquais du nez, mais je voulais tenir. Je n'allais laisser personne nous assassiner pendant notre sommeil. Appelez-moi *Vigilante* (avec l'accent anglais, tant qu'à faire).

Résultat, j'ai fini par sombrer et me suis affalée sur le parquet comme une ivrogne imbibée jusqu'à la moelle. J'ai dû abandonner mes velléités de chien de garde à un moment donné, parce que je me suis réveillée sur mon matelas.

La fatigue a tué ma peur.

Je marmonne un « bonjour » à la cantonade et me traîne jusqu'au banc.

— Bonjour, Sol, répond Doméné.

À son regard, je sais que les nouvelles sont moyennes (ceci est un euphémisme, je suis au courant, j'ai passé mon bac français).

— C'est Rosalie ? je demande sans ambages.

Doméné me sourit. Mamie aussi.

— Un peu de café brûlant ? propose cette dernière.

— Je... oui, qu'est-ce qui se passe, comment va Rosalie ?

— Elle souffre mais elle rentre cette après-midi. Je l'emmènerai à la clinique pour changer son pansement les premiers jours.

Ouf !

Je glisse une œillade contrite vers mamie.

— Désolée pour hier soir.

— C'est oublié, *pequeña*.

— Bon, alors ? je reprends. Qu'est-ce qui cloche ?

Doméné prend un air surpris. Lui non plus au concours de bobards ne passe pas la session rattrapage. Il se tourne vers mamie. Il essaie de gagner du temps et réfléchit à son prochain mensonge : le bruit des rouages de son cerveau lui sort par les oreilles. J'ai envie de tester ma canne-couteau.

— Arrêtez de me prendre pour une andouille.

Doméné pousse un gros soupir. Je le cerne. Il n'aime pas baratiner.

— Un lapin a été cloué sur la porte de Jean... ancnlezrcn.

— Pardon ? J'ai pas compris la fin de ta phrase.

— Un lapin vivant, répète-t-il.

Mamie lui flanque une pichenette sur la tête.

— Doméné !

— Mais Sol n'a pas cinq ans ! se défend-il.

— Tu n'es pas obligé de donner *tous les détails* ! s'agace mamie.

Sur ce coup-là, je suis d'accord avec elle. D'abominables images s'encastrent en file indienne devant mes yeux, c'est le défilé, gros lâcher de ballons, y en aura pour tout le monde.

Stoooop !

— Sur la porte, un mot était tagué, poursuit Doméné.

J'attends.

Il se tait.

C'est parti pour la pêche :

— Oh là là : quel mot ?

— « La prochaine fois, c'est tes amis. »

— Magnifique. Et les gendarmes ?

— Ils patrouillent. Mais des brebis et un lapin...

— Il y a menace, là ! j'insiste, comme si Doméné y pouvait quelque chose.

— Grand parleux, petit faiseux, assène Doméné.

Je le dévisage. Je suis dans un film de Marcel Pagnol, ou de Marcel Carné, un Marcel quelconque, seul moyen de donner un sens à ces formules surannées jaillies du siècle dernier. Je vis sur une pellicule en celluloïd et on est au bord de la combustion spontanée, grand incendie, au feu les pompiers, la montagne qui brû-leuh.

— Vous fumez des trucs spéciaux dans la région ? Du lichen d'altitude ?

— Une menace sur une porte, c'est du pipi de chat pour les gendarmes.

Je n'ai pas envie des tartines que me propose mamie. Doméné se passe la main dans les cheveux. Ils sont gras. Doméné, fais un effort.

— Et tes enfants ? demande mamie.

— Je les récupère dimanche.

— Tu vas chez Malika ?

— Non, à la gare, elle les amène.

— Ah.

— Abdel arrivera juste après. Ça va être bien, j'interviens.

Touintouintouin... Mon enthousiasme forcé est une feuille d'automne mourant gentiment dans le vent. Un silence lourdingue prend possession de la cuisine. On m'entend déglutir mon café. Je ne sais pas quoi faire alors je me force à manger ma tartine.

— Je peux venir chercher Rosalie avec toi ?

— Pas de souci !

— Quelle heure ?

— Je passe vers 17h, ça te va ?

Chouette, un objectif sans rapport avec la mort dans ma journée.

Après m'être enfin décrassée, je descends dans le jardin et cours jusqu'à Albert. J'avoue : j'ai pris ma canne-couteau. Une vague de messages déferle sur mon téléphone. Papa a reçu ma lettre. Il s'organise, trois bricoles à régler et il arrive. Genre assez vite. Lundi prochain. Je dois garder l'information secrète. Je découvre ensuite les messages de Suzanne. Elle m'envoie des photos d'insectes en plein coït. Elle a ajouté des flèches rouges sur différents points, et avant de comprendre ce que je lis vraiment, je déchiffre à haute voix : organe copulateur, orifice génital. Aboulez un seau, ma tartine veut se faire la malle. S'ensuit une série de :

« Oups, je me suis trompée de numéro ! Bah, c'est mignon, quand même, non ? »

Non.

Mais papa arrive bientôt, et rien ne pourra m'enlever mon sourire. Pas même une scène de sexe chez les libellules (qui ne sont pas des coléoptères, notez, mais des odonates). Je n'ai pas trop envie de m'attarder dans le jardin alors je m'enfuis la canne à la main et rejoins mamie dans son potager. Auparavant, je prends soin de fermer le verrou et de planquer mon arme dans le bureau de papi.

Mamie me montre ses outils, me présente les légumes que nous pourrons bientôt manger. Je confesse haïr les panais et elle rit. Elle m'oblige à enfiler un de ses tabliers à fleurs. On fait des selfies pour fêter ça. J'ai une dégaine de l'espace. J'envoie une photo à papa. Elle reste bloquée dans mon téléphone. Tant pis. J'irai voir Albert l'antenne plus tard.

J'enfonce la casquette de papi sur mon crâne et arrache des mauvaises herbes. Je transpire. Le soleil tape fort, les pierres, rebords, murets absorbent ses rayons et les recrachent dans un festival de températures insoutenables. J'étale de la crème solaire sur mes guiboles à l'air, bois des litres de thé glacé, et bine.

Les vacances les plus sexy de ma vie.

Étant donné l'heure tardive à laquelle j'ai passé le nez hors de la couette, je ne déjeune pas. J'accompagne quand même mamie à l'intérieur (vérifie que le verrou est toujours fermé, il l'est), la regarde mâcher sa salade de tomates, pignoche un morceau de gâteau. Encore un. Puis trois. Mamie fait une micro-sieste, je bouquine.

La journée, Claude me paraît lointain. Cette histoire est maintenue à distance par le soleil comme un mauvais rêve. Le soir, c'est une autre paire de manches. Mais inutile d'y penser pour l'instant. J'écris une lettre à Trin', une autre à Suzanne. Je griffonne des cœurs et des dessins kawaï d'une fabuleuse médiocrité. Mon nouveau goût pour les lettres manuscrites ne m'inquiète pas moins que Claude-le-sanguinaire. Il illustre l'évidente défaillance de mon cerveau, la mort de ma vivacité, de mon rapport au monde et au temps, bref, il montre à quel point mon quotidien a viré neurones dans le mixeur depuis que je suis ici. Mais parfois, je me dis que la vie devait quand même avoir une certaine saveur lorsqu'on attendait le facteur en se rongeant les petites peaux des doigts.

Mamie fait une citronnade, on récolte des figues et des prunes. Je passe ensuite un temps dingue à espionner les fourmis en train de transporter une mouche qui mesure vingt fois leur taille. Le trou de la fourmilière est trop petit pour passer le diptère (→ merci Suzanne). Les fourmis s'acharnent à essayer de faire entrer le cadavre ailé, sans succès.

Mamie m'appelle pour commencer à préparer le repas au moment où mes nouvelles potes ont décidé de débiter la mouche en petits morceaux plus commodes.

Lundi prochain ne va jamais arriver.

Quand j'entends rugir le moteur du van à la bique, je suis heureuse. Qui aurait cru ça, il y a encore quatre jours, hein ?

Je poste mes lettres. Le trajet n'est pas causant. Ça me convient. Mon téléphone sonne. Ma photo est partie et papa m'a déjà répondu. « Mamie a maigri. » Tant d'enthousiasme en si peu de mots...

Quand on arrive au patelin du véto en fin d'après-midi, Doméné me demande si j'ai revu de la lumière à la lisière des bois.

— Non.

Prétendre le contraire serait mentir. J'ai cru voir un truc, probablement imaginaire, et fabriqué ma canne-couteau. Inutile de s'appesantir.

Rosalie n'arrive pas à mordre sa queue dans sa cage, mais le cœur y est. Elle couine, gémit, et quand le vétérinaire ouvre la porte, elle court vers Doméné, puis vers moi. Son pansement est énorme. Je prends garde à ne pas le toucher.

— Ça va aller, nous confirme son sauveur. Elle a eu de la chance. On ne peut pas en dire autant pour tout le monde.

Un ange en robe de glaçons traverse la pièce.

— C'est-à-dire ? je demande.

— Trois personnes sont venues consulter ce matin. Deux d'entre elles ont eu leur chien égorgé cette nuit. Et un chat est entre la vie et la mort. Toutes de Castet !

Je presse Doméné de rentrer. Il ne se fait pas prier. Dans une série télé, en pareilles circonstances, une brigade complète serait sur les dents, dix policiers surentraînés en train de fouiller le moindre fourré dans un périmètre de quarante kilomètres pour déloger le dangereux frappadingue assassin de lapins sauvages. Dans la vraie vie, tout le monde s'en fout.

Alors que Rosalie tremble de bonheur sur mes genoux, je supplie Doméné de dormir chez nous cette nuit.

— Pas la peine de demander à mamie. Tu te radines en pyjama avec ton oreiller, elle ne va pas te mettre dehors !

— Je ne peux pas m'imposer, Sol ! Ça ne marche pas comme ça.

— Ah, et d'après qui ?

— La politesse, bon sang de bois ! Je ne peux pas entrer de force chez ta grand-mère et squatter un lit si elle n'en a pas envie !

— Mais pourquoi pas ?!

— Mais parce que !

Rosalie pousse un geignement d'enfant malade et on se calme aussitôt. J'aurai vraiment tout essayé.

20

La soirée est radieuse.

Pas moi.

L'univers trame un coup fourré.

Je le sens.

Doméné nous a offert un sac entier de myrtilles. La chaleur est tenue à distance par les épais murs de la maison alors on reste à l'intérieur. Mamie m'apprend à faire une pâte à tarte. On la déguste en tête-à-tête, avec l'horloge et son tic-tac. La maison se dilate de l'intérieur. Mes pieds ont pris du poids.

Je débarrasse la table pendant que mamie fait trois rangs de tricot, puis nous montons nous coucher. Enfin, d'abord, j'attends que mamie ait regagné sa chambre, parce que je préfère qu'elle n'apprenne pas l'existence de ma canne-couteau.

Je me brosse les dents avec un flegme olympien. Chacun de mes gestes a l'air de m'envoyer à l'échafaud.

Je récupère Zola sur ma table de nuit, crie bonne nuit à mamie, et me glisse sous la couette. Je relis la même phrase quatre fois, ressors du lit.

J'hésite.

Ouvre les volets.

Le jardin est lugubre. Pourtant, le ciel est identique à celui d'hier, d'une éblouissante noirceur. Mais rien à faire. L'atmosphère a un goût de tragédie. Je traque une éventuelle loupiote à l'orée de la forêt, ne contemple qu'un pan de ténèbres. Je me penche dehors.

Tout est silencieux. Aucune biche. Aucun renard.

Tout est silencieux.

Sauf Albert.

Le vent est faible, et pourtant ses feuilles gigotent. Le truc froid et visqueux est de retour. Je me concentre mieux. Pas de doute. *Albert est agité.* Ce n'est pas possible, un arbre agité, *ça n'existe pas.* Des visions de maisons construites sur d'anciens cimetières amérindiens me prennent, une kyrielle d'esprits errants, de possessions, de corps convulsés et d'yeux retournés, avec leur cortège de plumes miteuses et de mocassins décomposés.

Je me pince le gras du bras. *Il n'y a pas d'Amérindiens dans les Pyrénées, ils vivent de l'autre côté de l'Atlantique. Il y a juste du vent.*

Je ferme la fenêtre et m'enfouis dans mon lit. Je checke mes messages, mais ma connexion est toujours aussi pourrie. J'avise ma canne-couteau, me lève, la pose à côté de la table de nuit. C'est parti pour Zola. Descendre au fond de la mine me prend une demi-heure. Finalement, je réussis à me concentrer et à entrer dans le roman. Je lis jusqu'à épuisement, et vers deux-trois heures du matin, je corne ma page avec soin, et me décide à éteindre la lumière.

J'ai oublié les volets. Tant pis. Je me roule en boule sur le côté.

Je suis en train de succomber au sommeil quand un formidable craquement retentit et me fait sursauter.

Un craquement provenant du jardin.

21

J'hésite une seconde mais le craquement explose de nouveau. Mon cœur pilonne mes oreilles, je bondis hors du lit, saute par-dessus ma canne-couteau et cours à la fenêtre.

Trouée par une demi-lune, la nuit compacte a pris possession de la montagne.

D'abord, il n'y a que des ombres denses, puis je distingue mieux les contours, les reliefs, et alors que je colle mon front au carreau pour être certaine de ce que je vois, je manque de tomber à la renverse.

Deux grandes rainures scarifient le jardin, éventrent la pelouse, et courent sur des dizaines de mètres. Deux crevasses fines dont on devine la profondeur.

Au centre de chacune, il y a Albert.

Pourquoi la terre s'ouvre-t-elle sous lui ?

Un autre *crac* assourdissant éclate et se répercute contre le ventre des montagnes qui le tordent et l'amplifient. Devant mes yeux hallucinés, le sol s'ouvre encore autour du tronc comme un morceau de tissu déchiré par une main invisible, il hésite, cède, se disjoint, et très vite, une vaste fissure court en diagonale vers la forêt, soulevant de grosses mottes au passage, les projetant partout comme la lave et la caillasse d'un volcan en éruption.

Je frissonne, me crispe, et soudain, une sorte de colonie de reptiles se fraie un passage hors des entrailles de la terre et jaillit en frétillant des immenses lézardes qui balafrent le jardin.

Je voudrais hurler mais ma gorge est garrotée.

Ce ne sont ni des couleuvres, ni des vipères.

Ce sont les racines d'Albert.

Partout, elles font irruption du sol et se faufilent à l'air libre, forment bientôt autour de lui un réseau chimérique, sorte de mer de serpents recouvrant le jardin, elles se contorsionnent, animées de mouvements lents ou vifs, incessants, se contractent, roulent dans l'herbe, se nouent et se dénouent entre elles.

Avant que j'aie pu comprendre ce qui se passe, les racines s'appuient dans un même élan et au même instant sur l'herbe, et Albert s'extirpe du sol.

Je ne parviens pas à faire autre chose qu'assister à cette abomination : Albert n'est plus à sa place.

Il se tient droit, gigantesque du haut de ses centaines d'années, et cintré par sa jupe de racines ondulantes, avance maintenant lentement vers la lisière de la forêt. Albert est monstrueux et ne devrait pas être là, dans toute cette folle fluidité.

À l'endroit où il est planté d'habitude, le sol est sens dessus dessous, comme fouillé sous les coups d'une monumentale pelleteuse. Un cratère est creusé au centre du jardin, un trou d'obus de 14-18.

Je suis vitrifiée.

Albert n'est plus à sa place, mon souffle raccourci est rauque et siffle, des larmes dévalent mes joues et je sais désormais ce que signifie *être terrorisée*. Il bouge, je n'avais pas du tout la berlue, il bouge vraiment.

Je me cramponne à l'appui de fenêtre pour ne pas perdre l'équilibre.

Je n'ose pas ouvrir, le paysage tangue.

Puis je fais le point et constate qu'il y a plus d'une hideuse anomalie à ce tableau nocturne. Car entre la forêt et Albert est posté... un homme.

Malgré la clarté de la lune, je ne distingue pas son visage, mais la lame qu'il brandit, ça, pas de souci. Le truc froid et visqueux m'attrape la gorge et serre, j'ai du mal à déglutir, je vais crever étouffée.

Un homme figé est dans le jardin, armé. Il paraît minuscule face à l'arbre. *Qui est le méchant de l'histoire ?* Je voudrais aller réveiller mamie mais l'homme a brusquement l'air de se ressaisir, il fait un pas, je ne veux pas en perdre une miette, est-ce qu'il va atteindre la maison...

Un autre pas.

Il n'y a qu'un seul être humain pour être debout à cette heure-ci avec un couteau dans le jardin.

Claude.

Ai-je le temps de courir jusqu'à la porte de devant et de m'enfuir avec mamie ? De rejoindre la ferme la plus proche avant que ce psychopathe nous ait rattrapées ?

La réponse est non.

Claude s'approche encore, en biais, il prend le large et contourne Albert qui le domine de toute sa hauteur. Les racines ont accéléré leur cadence, se transforment en tapis sinueux. Je serre les poings.

Je devrais *vraiment* réveiller mamie.

Encore quelques pas.

Claude est tout proche, maintenant, à une quinzaine de mètres de la maison et Albert a l'air de s'être arrêté sur son flot perpétuel. Claude avance. Il n'est pas grand, les épaules serrées dans une chemise déchirée. Ses mains sont minuscules. Je suis en train de mordre mon doigt et le goût du sang inonde ma bouche.

Je décide de courir voir mamie mais brusquement, Claude quitte la ligne de la forêt et pique droit sur la maison. Il accélère, enjambe les racines, ramassé, et je suis persuadée qu'il va réussir à traverser leur barrage, à parvenir jusqu'à nous, le couteau brandi, quand l'une des racines fouette l'air, se tend et le fauche.

Claude bascule et n'a pas le temps de toucher le sol qu'une immense branche s'abaisse *et le ramasse.*

Je pousse un cri étouffé, les feuilles d'Albert vibrent, enfiévrées, multitude de petites voix de colère qui, à l'unisson, me parviennent, les racines s'agitent toujours plus et la branche soulève l'homme. Son couteau tombe dans l'herbe.

Un énorme craquement, encore, je reprends mes esprits et file dans la chambre de mamie.

— MAMIE ! AU SECOURS !

Elle se dresse, crie « aïe », mais quand elle distingue mon visage éclairé par l'ampoule nue du couloir, elle quitte son lit le plus vite possible et me suit sans un mot à pas pressés. Je la guide à travers la chambre dont je n'ai pas osé allumer la lumière.

Nous nous collons à la fenêtre.

Claude a disparu.

Ou plutôt, sa tête et son torse ont disparu.

Ils sont enfoncés dans le tronc d'Albert. Les deux jambes battent l'air en vain, à la perpendiculaire du tronc, gesticulent dans un effort désespéré. Je remarque ses godillots, pense aux marques de semelle autour de la cabane, à Rosalie et à son oreille, au lapin cloué vivant, aux brebis, je pleure encore plus fort, secouée de sanglots, et Albert continue d'avaler l'homme, son réseau de racines exultant dans une danse macabre.

Les hanches sont absorbées.

Je serre fort la main de mamie qui me le rend bien.

Dans le silence fracassant de ma chambre, nous assistons muettes et paralysées à l'engloutissement de celui qui venait nous faire du mal.

Les cuisses frottent contre l'écorce qui se contracte.

Les genoux se dérobent.

Les mollets glissent.

Les chevilles sombrent alors que les pieds s'agitent faiblement. Puis ils sont enfouis à leur tour dans l'écorce.

Le tronc d'Albert se referme telle une plaie cicatrisant à vue d'œil autour de la dernière chaussure.

Un godillot roule dans l'herbe humide de rosée.

Et le trou se rebouche comme deux lèvres qui se pincent.

Mamie et moi restons tétanisées pendant de longues minutes, nos doigts toujours entrelacés. Toute la forêt semble observer Albert.

Mamie se tourne vers moi et dit d'une petite voix :

— C'est ton grand-père qui a planté Albert. Les enfants étaient partis, ils vivaient leur vie, ton père n'avait pas encore rencontré ta mère. Lors d'une de nos promenades, papi a ramassé une pousse rabougrie en forêt, au port de Castet, une pousse de rien du tout qui émergeait seule au centre d'une clairière baignée de soleil. Il l'a mise en terre et s'en est occupé avec beaucoup d'amour.

Je jette un coup d'œil au jardin. Albert s'est remis en mouvement, ses racines l'entraînent, et le truc froid et visqueux caresse ma nuque, m'enveloppe. Mamie relâche son étreinte, mes doigts sont gourds.

Elle me prend dans ses bras, me serre contre elle, les sanglots m'étranglent. Elle s'éloigne doucement, caresse mes cheveux et chuchote dans la nuit :

— Albert a poussé de façon curieuse. En trois mois, il avait atteint la taille d'un chêne de soixante-dix ans, en un an, il était colossal. Ton père n'a jamais remarqué. Nous avons toujours su qu'il était spécial, mais je... je... je ne pensais pas que c'était à ce point-là...

Nous nous tournons vers lui. Albert regagne sa place, ses racines plongent au plus profond de la terre, retrouvent leurs galeries, se faufilent, s'apaisent. Le sol cicatrise.

Et bientôt le jardin est immobile sous la lune.

Comme si de rien n'était.

22

Mamie téléphone à Doméné. Il arrive sur le champ avec Rosalie. Je suis transportée de voir ma saucisse de la joie. Mamie n'explique rien ou quasi : il y a une chaussure dans l'herbe, et un couteau, elle voudrait que Doméné examine le jardin avec nous. L'homme au van à la bique et au tact immense n'émet aucune objection. Même pas sur l'heure. Lorsque mamie ouvre le verrou, l'air de la nuit s'engouffre dans l'arrière-cuisine.

Albert nous domine et je panique un instant : et s'il m'absorbait, moi aussi ? Qu'il me saisissait comme mamie cueillant une fraise et m'avalait ?

Je ressens un respect infini pour lui. Désormais, je sais. Mamie n'est pas sénile. Est-ce que tous les arbres sont comme Albert ? *Plus jamais je ne regarderai un arbre comme avant.*

Notre marche jusqu'au chêne est digne de Breton, de Dalí, notre marche est surréaliste. Comment imaginer qu'un instant plus tôt, Albert était *en train de gober un être humain* ? Il a dû gober Sally, aussi, l'a tirée des griffes de Ferdinando et l'a gardée au chaud. C'est pour ça qu'elle était couverte de sève. Comment ai-je pu être aussi aveugle ! Parce que la seule explication plausible n'avait ni queue ni tête il y a encore trente minutes.

Quand nous arrivons à son pied, mes poils de bras sont au garde-à-vous en formation chair de poule. Mamie caresse l'écorce rude d'Albert et murmure un discret « merci, vieux frère ». Je l'imite d'une voix chevrotante.

Doméné oblique vers la gauche. Il a repéré la chaussure. Il se baisse, la ramasse. Nous nous penchons dessus. La semelle correspond. Quelle surprise. Doméné ramène aussi le couteau. Rosalie renifle partout, son énorme pansement déformant sa silhouette, elle grogne, geint. Toutes les pistes mènent à Albert. Je fais semblant de ne rien remarquer.

— Eh ben dis donc... Vous l'avez échappé belle, chuchote Doméné.

Rosalie me léchouille les doigts.

— Pas de doute, c'est Claude. Mais où est-il passé ? Et pourquoi laisser sa chaussure ?

Mamie et moi, on se regarde.

— Il... il est parti en courant.

— Vous l'avez vu ?!

— Oui ! Soledad s'apprêtait à éteindre sa lumière quand elle a aperçu sa lampe de poche, l'embrouille mamie.

— Comment tu as su que c'était lui ?

— Euh...

— Son couteau, Sol, tu te rappelles ? Dans ses petites mains !

J'ouvre des yeux de marsupial, fais oui.

— Et il a décampé ?

— Ou.. oui... je bredouille.

— Sans raison ?

— Il avait un gros chien aux trousses, mais Sol ne parvient pas à le décrire, c'est allé vite, tu sais...

Médusée, je tente une mimique impuissante.

Nous rebroussons chemin.

Sourcils froncés, Doméné pousse la porte de l'arrière-cuisine d'un grand coup d'épaule. Le battant se cogne contre le bazar, fait trembler les murs, et Sally valdingue de son perchoir. Je me précipite pour la ramasser. Ma poupée a séjourné *dans Albert*. Je vais la garder, elle sera mon trésor.

— Désolé, grommelle Doméné.

Mamie, sa robe de chambre dissimulant mal sa chemise de nuit de madame Bovary, pose la main sur son bras et lui sourit.

— Ne t'inquiète pas, cher Doméné. Quelque chose me dit qu'on est débarrassés. Mon instinct de vieille femme qui en a vu d'autres, sans doute. Fais-moi confiance.

Si Doméné et moi sommes lamentables en matière de bobards, mamie est reine incontestée au pays du mensonge.

23

Le lendemain, après une grasse matinée digne de figurer dans un livre de records, je descends les escaliers *en sautillant*. Mamie me sert mon café et je souffle dessus sans avertissement.

— Doméné t'a apporté de la brioche, annonce-t-elle.

Est-il besoin de préciser que la brioche en question est divine ? Mamie et moi ne reparlons pas du grand déracinement. Inutile. Albert ne me fera pas de mal. J'y ai pensé toute la nuit, je veux dire, la fin de la nuit. Je n'ai aucune idée du pourquoi du comment, mais Albert sait que je suis de la famille. Il comprend aussi le danger, la menace. Il est le Gardien.

J'essaie d'imaginer ce qu'est devenu Claude. A-t-il été digéré ? Asphyxié ?

Cette nuit est irréelle. J'ingurgite mon petit-déjeuner et sors observer mes fourmis.

Elles sont réelles.

J'émiette du pain sur leur chemin et les encourage à travailler. Je termine mon Zola, et opte pour un Gary. Après une deuxième leçon avec mamie, c'est officiel : je suis une bête en pâte à tarte. Je bouquine dans mon transat, jette des coups d'œil furtifs à Albert. Il a l'air si normal. Un arbre, juste un arbre.

Qui nous a sauvé la vie.

Quand mamie rentre de son potager, je l'entraîne dans le bureau de papi. J'ai branché mon téléphone sur sa chaîne et je mets Led Zeppelin à fond, en prenant grand soin d'éviter *Stairway to Heaven*. Non, je préfère *Immigrant Song*. En boucle. Mamie reste d'abord interdite à l'entrée du bureau. Je danse, dessine des vagues avec mes mains, attrape un coupe-papier en bois, m'en sers de micro et lui offre un playback échevelé. Je lui fais signe de me rejoindre. Elle fond en larmes mais sourit, et peu à peu, la tête remuant doucement en rythme, mamie s'approche du bureau de papi.

Les yeux humides, elle ouvre un tiroir et en sort un tas de feuilles.

En fin d'après-midi, alors que le ciel se couvre, je marche seule dans le jardin. J'hésite, approche d'Albert, puis enlace le tronc dont mes bras ne font pas le tour et pose ma joue dessus. J'écoute. Claude est-il encore là ? Est-ce qu'il peut m'entendre ? Non, il a disparu pour toujours. S'il ressort, ce sera sous forme de petit tas d'os digéré.

Je me cale le dos contre l'écorce rugueuse d'Albert et appelle papa. Il répond à la troisième sonnerie.

— Comment va ma charogne ?

— Super, et toi ? Tu es prêt ?

— Paré !

— Tu as appelé Abdel ?

— Affirmatif. Et ta mère.

— Pardon ?

— J'ai appelé ta mère en Sicile, je lui ai dit que je te rejoignais, et que tout allait bien.

Je lève le nez. Je rêve où les petites feuilles d'Albert tremblotent ?

— Il y a du progrès.

— Merci de le noter.
— Tu seras prudent au volant, hein ?
— Bien sûr.
— OK. Et motus !
— Bouche cousue !

Quatre jours passent, la menace claudesque se dissout lentement. Même Doméné l'admet. Ses épaules se détendent quand il touille son café.

Un soir, je propose à mamie de faire un jeu de société. À mon grand étonnement, elle accepte. Je me bats, lutte, me pressure les méninges, mais rien n'y fait.

Elle me défonce au Boggle.

La journée du lendemain a un parfum délicieux. Il a plu cette nuit et la terre exhale des odeurs d'humus. Nuit extraordinairement calme, je précise... J'ai réglé mon alarme sur 11h, je rejoins mamie dans la cuisine et l'aide à garnir nos paniers en osier. Ils croulent sous les citronnades et les bocaux en verre remplis de bonnes choses. Cette fois, je n'oublie pas la casquette de papi.

Doméné ouvre la portière de son van et deux enfants trop mignons, coupe au bol et dents manquantes se penchent vers nous.

— Adam, Baya, dites bonjour à Sol et Elvira !

— Bonzour, Sol, bonzour, Elviraaaaaa !

Mamie monte devant et je m'agglutine à la troupe derrière. *Un bouquet de lavande est suspendu au rétro à côté du nounours. Le van ne sent plus la bique.* Je croise le regard de Doméné dans le rétro.

— Jean a un super aspirateur... lâche-t-il.

J'essaie de ne pas éclater de rire. Je ne suis pas peu fière quand Rosalie vient se blottir sur mes genoux. Le vétérinaire certifie que son oreille cicatrise bien.

Le pique-nique sur le terrain de Doméné est magique. Baya et Adam courent partout. Ils hument les aromates, se poursuivent entre les carrés, observent les papillons, boivent dans des tasses en métal, font pipi dans les fourrés. Doméné les surveille de près. Il ne sait pas que Claude n'est plus là. Mais on fait tout pour le détendre. Mamie a emporté un petit fauteuil pliable. J'aime la contempler sous le couvert des arbres, son grand chapeau de paille jetant une ombre sur sa figure fripée. Elle a enlevé son tablier.

Je l'entends brusquement fredonner.

Led Zeppelin.

Le soleil est bas sur l'horizon quand nous regagnons nos pénates. Mes fourmis sont toujours au boulot. Mes miettes ont disparu.

Avec mamie, on termine la quiche à la tomate. J'ai hâte d'être demain.

Je plonge dans *Les Cerfs-volants* de Gary, ouvre la grande porte de l'Histoire, me visse à l'œilleton dérisoire et pourtant grandiose de la littérature sur la Deuxième Guerre mondiale, sur cette époque que mon grand-père et ma grand-mère ont connue, traversée.

Je suis heureuse d'effleurer leur monde grâce à mon roman.

Le lendemain soir, une voiture klaxonne à 19h40. Je me précipite dehors sans attendre mamie. Je veux voir sa tête lorsqu'elle va découvrir ses invités. Mamie en a vu d'autres, OK, mais quand elle aperçoit papa dans le potager, tout sourire, un chiot dans les bras, elle blêmit gravement et je fuse vers elle de peur qu'elle ne s'évanouisse.

Abdel, lui, descend les valises, les provisions, les croquettes, en un mot, le bazar que mon père a accumulé depuis mon avant-dernier coup de fil.

Mamie est obligée de s'asseoir sur le rebord de son potager. Je la laisse en tête-à-tête avec papa et fais un check à Abdel.

— Pas mort d'ennui après ces neuf heures de route avec mon paternel ?

— Le chien a chié dans la voiture, l'enfer.

On se marre et on s'approche de mamie. La goutte au nez, elle est en train de papouiller le chiot qui est une chienne.

— Quelle petite cachotière a ourdi pareil complot ? renifle-t-elle.

— Aucune idée. Comment tu vas l'appeler ?

Elle réfléchit une poignée de secondes.

— Que penses-tu d'Albertine ?

— Ça sonne un peu proustien, commente papa.

— D'où peut bien provenir ce nom ? je demande, et mamie rigole.

— Tu es folle, *tesoro mío*, une folie douce et merveilleuse. Merci.

Je l'embrasse sous l'œil mouillé de papa.

— Vous avez faim ? J'ai fait une tarte aux myrtilles ! je me vante.

— Toi ?! s'étranglent papa et Abdel.

— Ouais, il s'est passé pas mal de trucs cette semaine. On va vous raconter...

Nous rentrons tous les quatre, le chiot pataud sur nos talons.

Le ciel s'est dégagé, le vent est tombé.

J'entends les feuilles d'Albert vibrionner de bonheur au loin.

Remerciements

Comme toujours, un immense merci à toute la Flamm team (Céline, Céline, Laurence, David, Marine, Eric, Diane, Murielle, Magali…), pour la disponibilité, le professionnalisme, et tout le reste,

merci à Roxane Edouard et à Claire Nozières,

merci à Vincent Berger pour l'espagnol (dont, à mon grand regret, je ne parle pas un mot),

merci aux planteurs d'arbres, aux protecteurs des montagnes, de la faune, de la flore, qui permettent aux femmes et aux hommes qui le souhaitent d'en arpenter les flancs, et de plonger dans le sauvage avec émerveillement,

et merci, merci à Aurélien qui a lu ce roman dès ses balbutiements, chapitre après chapitre, et dont l'enthousiasme m'a été si précieux.

Marie Pavlenko

Marie Pavlenko est une écrivaine passionnée et engagée. Passionnée par les oiseaux, les insectes, les plantes, la beauté du monde sauvage. Engagée dans de nombreuses associations qui luttent pour protéger la nature.

Autrice en littérature, elle a déjà publié plusieurs romans à succès, dont *Je suis ton soleil* et *Un si petit oiseau*. *Et le désert disparaîtra* (Grand Prix SGDL du Roman Jeunesse 2020, Prix Saint-Exupéry 2020, Prix Libbylit du Roman Ado 2021, finaliste du prix Vendredi 2020) a reçu un très bel accueil du public.

Marie Pavlenko est traduite dans une dizaine de pays.

DE LA MÊME AUTRICE

Bientôt minuit, Flammarion, 2021.

Elle est le vent furieux, ouvrage collectif, Flammarion, 2021.

La Plus Belle Crotte du monde, Little Urban, 2020.

Awinita, Little Urban, 2019.

Un si petit oiseau, Flammarion, 2019.

Zombies zarbis, 3 tomes, Flammarion jeunesse, 2018-2019, en collaboration avec Carole Trébor.

Je suis ton soleil, Flammarion, 2017.

La Fille-Sortilège, Gallimard, Folio SF, 2017.

La Mort est une femme comme les autres, Pygmalion, 2015 ; J'ai lu, 2018.

Le Livre de Saskia, 3 tomes, Scrineo jeunesse, 2011-2013.

Ce livre a été réalisé de la façon la plus écologique possible.

Les papiers de couverture et intérieur sont fabriqués à partir de bois et de ses résidus, qui seraient brûlés s'ils n'étaient pas transformés en papier.

Ils sont certifiés PEFC (Programme de reconnaissance des certifications forestières). Cette certification garantit une exploitation durable des forêts, visant à augmenter au fil des ans la surface forestière et luttant ainsi contre la déforestation.

L'encre utilisée est une encre végétale.

La couverture n'est pas pelliculée, car le pelliculage est un film plastique issu du pétrole.

Ce livre a été imprimé en France.

NORD COMPO
multimédia

Composition et mise en pages
Nord Compo à Villeneuve-d'Ascq

CET OUVRAGE
A ÉTÉ ACHEVÉ D'IMPRIMER
SUR ROTO-PAGE
PAR L'IMPRIMERIE FLOCH
À MAYENNE EN AVRIL 2021

N° d'édition : L.01EJEN001864.N001. N° d'impression : 98150
Dépôt légal : mai 2021
(Imprimé en France)
Loi n° 49-956 du 16 juillet 1949
sur les publications destinées à la jeunesse